计划 一

我们要做的任何一件有竞争的事，
最好都要有未动手之前的战略和构
想，也就是事前的计划。

一 失败

一个人要学习接受失败，利用倒下的
时间喘气，并思考再攻击的方法。

刘墉人生三课

成功只能
靠自己

刘墉经典 成功励志课

[美] 刘墉 著

湖南文艺出版社
HUNAN LITERATURE AND ART PUBLISHING HOUSE

小博集
BOOKY KIDS

刘墉说

成功是可以复制的，每一个人都可以
成功，关键是你能不能跨出那一步。

Contents　目录

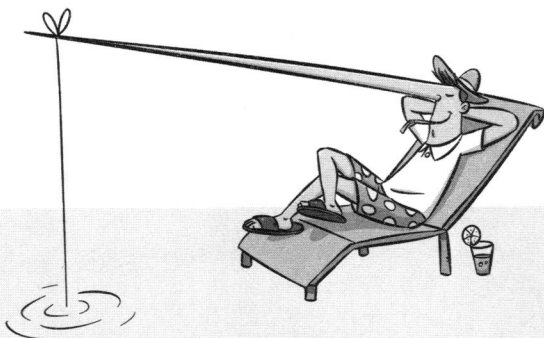

PART

02

创造自己

PART

03

肯定自己

IV

PART
04
靠自己去成功

自己去成长，自己去成功

　　我实在搞不懂，我那娇生惯养、自以为是小公主的女儿，为什么非要去"草山音乐营"不可。入营之前，我一次又一次问她："是不是算了？暑假在家多舒服，何必去受苦？整整七个礼拜不能回家，平常不准家人探视，电话不通，连电脑都不准带，想家都没法说，多可怜哪！"女儿却想都没想就一扭头："我要去！"

　　女儿入营这件事，让我常想"女大不中留"。同样"儿大不中留"，当年儿子入哈佛，送他去，我走的时候直掉眼泪，他不是也没"目送"我离开吗？他们那么无情，是因为离开父母兴奋，还是因为眼前有太多要面对的挑战，"受苦的人没有悲观的权利"。

　　我常想，父母要留，孩子要走；父母要为他们做主，他们偏偏不听。这表示他们有年轻人的想法，还是该称为反叛？一个"乖乖牌"，父母说什么是什么，好好走大人铺好的路、接家里的事业，做个"孝"而且"顺"的孩子，是不是就好？

我也常想，如果我是比尔·盖茨的爸爸，知道儿子居然大二要从哈佛辍学，我会不会支持他？如果我是李安的父亲，知道儿子居然要去搞电影，我又会不会阻止？如果我阻止了，还会不会有今天的微软总裁比尔·盖茨和大导演李安？

是不是因为孩子年轻，我们就应该让他走出去，找他所想找的东西，让他们自己去发现？而不是没等他找，就把盖子打开说："来！这就是你要找的东西。"

经历了这么多年，我发觉每个人都有他的特质、他的优点，以及他走出去自己闯天下、自己去受苦的本能。最好的教育是让他们这些长处获得充分的发挥。这本书就是我新教育观下的产物，表面上它与传统教育一样，但潜在的主张是"自由教育"。

我知道，许多的家长都逼孩子。我没有唱反调，叫孩子不努力，而是教他们"成功要自己去成功，如同成长要自己去成长"。让他们自己逼自己，而非做个没有电瓶的车子，只等父母师长在后面推。

PART 01

超越自己

超越自己与生俱来的弱点，创造更辉煌的成就！

我一定要拿到这个！

人生在世，
最大的敌人不一定是外来的，
而可能是我们自己！

这些已经够我们衣食无忧了，何苦再冒着危险去摘那个最大的呢……

每个人都可能遇到贵人，
这些贵人不一定真的尊贵，
他可能是陌生人，
也可能是一面之缘的过客，
甚至是你的敌人！

"别人学习的时候你学习，
别人看电视的时候你上网"，
远比"别人学习的时候你上网，
别人看电视的时候你学习"来得好哇！

失败的时候，你可以坐在地上，

回头看害你跌倒的坑洞，

检讨自己为什么失败，你也可以伤心、落泪。

但是应该一边擦眼泪，

一边站起身，准备再一次向前冲。

刘墉
人生三课

有位舞台剧演员，独自到舞台边，

突然听见下面传来嗑瓜子的声音，

虽然只有一声，

他却气得差点从台上跳下去，

掐住那个人的喉咙。

不要以为自己成功一次就可以了。
"现在的成功"是重要的，
而"现在"马上便成为"过去"，
下一刻又得有下一刻的成功。

贵人哪里来

> 每个人都可能遇到贵人，这些贵人不一定真的尊贵，他可能是陌生人，也可能是一面之缘的过客，甚至是你的敌人！

"贵人"这个名词，相信你早就知道了，因为三年前，有一次家里请客，我事先对你说，受邀的客人是我以前的贵人，因为他的帮助，使我有后来的成功。你当时虽然并不十分了解，却在餐桌上对客人说："我爸爸讲，你是他的贵人！"

我当时看得出来，那人听了有多么高兴，因为他知道我没忘记他以前的好处。但我后来也听说，他的太太回家跟他大吵一架，说他自己连个固定的工作都没有，怎么会是别人的"贵人"？

他的妻子错了！因为能做贵人的，自己不一定多么尊贵。当我们要找自己生命中的贵人时，也不见得要到世俗所谓荣华富贵的阶层去寻觅。许多贵人，都出奇地平凡。而平凡的我们，也随时可能成为别人生命中具有重大意义的"贵人"，甚至当我们成为别人的贵人时，自己还不知道。

从前有个人写信给燕国的丞相，因为光线太暗，就叫仆人举烛，一不留意，把"举烛"两个字，也写入了信中，等到燕国的丞相收到信，读到举烛两个字，竟然大为感动，说举烛的意思是追求光明，也就是要拔擢贤才，并以此呈请君王采用，使得燕国强盛起来。

传说李白起初做学问很没有耐性，直到某日，看见一位老妇，居然想将一根粗铁条磨成绣花针，才顿时醒悟，回头苦学，成为诗仙。

米开朗琪罗在画西斯廷教堂时，有些不满意自己的成绩，却又因为完成大半而舍不得重画，直到有一天去喝酒，看见老板毫不犹豫地把新开的一大桶酸酒倒掉，终于下定决心"重新画过"，成就了不朽的作品。

以上写"举烛"的郢人、磨针的老妇和酒店的老板，可知道自己无意中的行为，竟能造就别人？而他们何尝不是燕国、李白和米开朗琪罗的贵人？

又譬如我有位朋友外出旅行，临上飞机发现旅行社的小姐竟把他最重要的身份证明资料遗失了，他起初大发雷霆，要求赔偿损失，但是后来又跑去向旅行社道谢，说犯了错的小姐是他命中的贵人。原来他没赶上的那班飞机发生了空难。

你想想，由犯错，到成为别人的救命恩人，这当中有多大的转变，岂是当事人预先能知道的。

再拿我最近的遭遇来说吧！当我的《点一盏心灯》写到中途的时候，有位朋友来访，看了我写好的稿子说："这些东西太软，缺乏吸引人的力量！"

虽然你母亲说，那位朋友可能是嫉妒我的成绩，讲出酸葡萄的话，我当时也有些不悦，但细细检讨之后，发现确实有许多篇可以改变写作角度，以形成更大的戏剧性和说服力，所以将三十多篇全部抛弃重写，使《点一盏心灯》成为畅销而且长销的作品。

由此可知，到处都可能有自己的贵人，他们不一定是直接提拔你的尊长，反而可能是毫无关系的陌生人、一面之缘的过客，乃至你的敌人。只要你能从他们的身上有所领悟，并引导自己走向更美好的未来，或由于因缘，使你免于原本可能发生的厄运，他们就都是你的贵人。

　　所以，不要轻视任何人，也不要轻视自己，因为那平凡人可能是你的贵人，你也可能成为别人的贵人！

刘轩的话

//

微妙的人际关系

这是一篇写给有人生历练的读者看的，现在的我，在阅读时也比以前更有体会。因为在现实生活中，常会发现有许多原先不喜欢，或相处不睦的人，最后却可能成为自己的贵人。例如我刚回到台湾工作时，有一次接办活动，被某夜店老板坑了一笔钱。当初几乎跟对方翻脸，但后来有一天，那个老板在他店里介绍了一位唱片制作人给我，那制作人又介绍了好几个业界朋友，让我很快打入台湾的音乐圈。没有那位老板牵线，我可能很不容易认识这些人，如此看来那老板岂不成了我的贵人？

焦躁就是浪费时间

> 生命有一定的长短，我们只能完成有限的事。你愈大愈会发现"时间有限""人生苦短"，愈会发现时间紧迫得居然容不得你为紧迫而焦躁。

今天的晚餐，我先吃完，坐在客厅看报，却听见你跟妈妈好像在餐桌上不高兴，接着就见你红着眼睛上楼了。

我问妈妈为什么，妈妈说你后天要去参加纽约州的奥林匹亚科学比赛，明天又要留校演练，因为功课太多，做不完，着急发脾气，她就骂了你。

我又问妈妈怎么骂。

"我问她功课能不能不做，她说不能；我又问她奥林匹亚比赛能不能不去，她也说不能。我就说：'好啦！你急也得做，不急也得做，你只好去面对。'她就哭了。"妈妈回答。

孩子，我觉得妈妈讲得很对。美国人常说："如果你无法逃避他，就面对他！"（If you can not run from him, face him!）因为只有面对他，才能把问题解决。

相信你也一定读过我写给哥哥的书，里面提到，有个在金门当蛙人的朋友说，当左边眼睛被打到的时候，右边的眼睛还得睁开，否则右眼也完蛋了。

我用这个比喻，或许并不很妥当，因为你今天只是要面对一堆功课和比赛，而不是去打仗。但是想想，如果你现在一直掉眼泪，一直焦虑得跳脚，回头眼睛肿了、起了针眼，火气大了、生了病，不也像那右眼闭上的人，反而更不能面对问题了吗？

所以我建议你，先去洗个脸，冷静一下，再把要做的事一件件列出来，将那最重要的先完成。

这就好比你参加考试，题目多得做不完，与其发愣、着急，不如冷静下来赶紧开始做！还有，当你碰上不会的题目，与其一直在那儿想，把做其他题目的时间也耽误了，不如先跳过，去做自己会的。

这也是许多人在考 SAT（相当于美国的高考）之前，先去补习班做模拟测验的道理。那模拟测验不见得能使他得到多少新知识，却能让他学习到在时间紧迫的情况下怎样安排时间。

同样的时间，在不同人的手上能产生完全不同的效果。

我在《读者文摘》上看过一个马拉松教练和选手的故事。那教练坐在轮椅上，居然能教出一个马拉松的冠军。你猜他怎么教？

他用嘴教！

他只是教那选手怎么开始热身、稳定速度、保持体力，然后做最后的冲刺。

那教练说得好："如果你一开始死要面子，拼命跑在最前面，又一下慢一下快，到后来一定体力不支，被别人追上。"

同样的道理，当你今天时间有限、体力也有限时，你就要像跑马拉松和参加篮球比赛一样，充分利用每一秒钟。

你要算算那些功课的 deadline（截止期限）到现在有多久，然后除以功课的样数，算出做每样功课顶多能用多少时间。

你也可以像马拉松选手一样，保留些体力做最后的冲刺——先把每样必须面对的功课和考试准备得差不多，到最后发现时间还有余裕的时候，再去加强其中一两样，把 B 拉到 A。

你大概要说你绝不能容许自己拿 B，对不对？

但你也要知道，当你只有那些时间，又一样也逃不掉的时候，能让每样都过关，就已经不错了。有一天，你甚至可能发现在不得已的状况下，能拿 C 过关，总比不及格来得好。

这也好比当你只有一点点钱却有好几天要过的时候，总不能说只吃法国大餐，不愿吃汉堡包；如果要过的日子更多，你甚至能有吐司面包吃就已经不错了。

孩子，这就是生命的现实。生命有一定的长短，我们只能完成有限的事。你愈大愈会发现"时间有限""人生苦短"，愈会发现时间紧迫得居然容不得你为紧迫而焦躁。

因为焦躁就是浪费时间！

快擦干眼泪，安下心，计划那有限的时间吧！

刘墉寄语

//

有计划地生活

现在的衣服不像以前，形式与色彩的变化愈来愈多，每次买领带，总要考虑到色彩花样跟衣服配不配。

现在的建筑也不比从前，户型与格局各有特色，不论买家具或手工艺品，总要考虑放在室内是否协调。

现在的生活更不比农业时代，播种、插秧、收割，有一定的步骤，而是各有各的变化，必须加以计划，才能适应不同形式的生活。

如何事半功倍

> 上帝给每个人同样的时间，只有那些事半功倍的人能有过人的成就，也只有知道计划的人能够事半功倍。

一架飞机撞山失事了！

成群的记者冲向深山，大家都希望能抢先报道失事现场的新闻，其中一位广播电台的记者拔得头筹，在电视、报纸都没有任何资料发布的情况下，他却做了连续十几分钟的独家现场报道。

电影圈突然一窝蜂地拍摄有动物参加演出的影片。虽然大家几乎是同时开拍，但是其中有一家，不但提早推出，而且动物的表演也远较别人精彩。

你知道为什么那位记者能抢个头条吗？

因为他未到现场之前，先请司机占据了附近唯一的电话，打到公司，假装有事通话的样子。所以当他做好现场报道的录音，跑到电话旁边，虽然已经有好几位记者等着，他却只是将录音机交给司机，就立刻通过电话对全国听众做了报道。

你知道那位导演为什么成功吗？

因为在同一时间，他找了许多只外形一样的动物演员，并各训练一两种表演。于是当别人唯一的动物演员费尽力气，也只能演几个动作时，他的动物演员却仿佛通灵的天才一般，变出许多高难度的把戏。而且因为好几组同时拍摄，剪辑好立刻就能推出。观众只见其中的小动物，爬高下梯、开门关窗、取花送报、装死搞怪，却没想到全是不同的小动物演的。

我讲这两个故事，是为了告诉你，这世间许多"非常的成功"，是以"非常的手段"达成的，那未动手之前的战略和构想，在一开始，就注定了他们的胜利。

同样的道理，我建议你在做每件事之前，甚至每一天的早晨，对将要做的事情制订个计划，而不是慌慌张张动手之后才去思考。

上帝给每个人同样的时间，只有那些事半功倍的人能有过人的成就，也只有知道计划的人能够事半功倍。

刘轩的话

//

节省时间的目的

对于节省时间，我老爸是专家，不只是工作，连玩乐都一样。

小时候我们全家常去游迪士尼乐园。老爸总会先拿份地图，规划出最快的玩法。有别于一般人的习惯，我们总是采取相反的路线：入园后，先冲到最里头，再一路玩"出来"，或是以顺时针的方向游园（一般美国人习惯以逆时针方向行走，就是入园之后先玩靠右边的）。老实说，我当时并不喜欢老爸这么急着赶来赶去，但长大后愈来愈痛恨排队，想想老爸的方法确实省了不少时间。所以，将来有一天我带自己的小孩去迪士尼乐园，也一定会这么做。

　　现在的生活里，我尽量试着在一些小地方节省时间。像我从事 DJ 工作，平时必须消化很多新兴的歌曲。我便会把大量的音乐先灌进 iPod，一边跑步一边听，这样不但做了功课，而且就运动的效率来说，总比听健身房的"芭乐歌"来得好。

正一与负一之间

> 好好选书读，因为多读一本坏书，也就浪费了能读一本好书的时间。
>
> 负一和正一的差距，不是一，而是二！

许多年前，我看过一部美国的爱情电影，片名不记得了，但是对其中饰演记者的斯宾塞·屈赛印象深刻。

剧中斯宾塞爱上一个新闻系的女教授，跑去旁听她的课。女教授考试，先把新闻重点告诉学生，再要学生写成新闻稿。

斯宾塞没两个小时就完成了，交上去。

女教授笑笑，认为斯宾塞一定在开玩笑，但是当她拿起来，看一眼，就愣住了，接着宣读那篇新闻稿给全班听。

才几句话，就念完了，但是在这不足百字的文稿中，斯宾塞已经把所有新闻元素都清清楚楚地传达出来。

我看电影时年岁还小，不懂，心想什么文章能让那女教授一眼就刮目相看，短短百字如何能表现出功力？一定是电影夸张。

但是等我当了记者，每天写新闻稿之后，就愈来愈觉得要想把稿子写得精简是门大学问。尤其因为我做电视记者，播出时间有限，加上广告，主编把每则新闻都限制在极短的时间里。常常跑完新闻，进办公室听到的第一句话就是："只给你三十秒哟！今天已经满了！"

天哪！我可能花整个下午跑一条新闻，回来却只能写三十秒，那不过一百多字啊！

这时候就见真章了！

我说这番话，是因为今天要教你什么是"精简"。
让我先给你一篇东西——

有个小男孩，他的爸爸在他六岁的时候就死了。这个小男孩的名字叫大毛，这个小男孩的妈妈只生了他一个孩子，他的妈妈一直没有再嫁。小男孩家里很穷，但是小男孩很要强，努力用功，成绩从小到大都很好，总拿班上第一名。小男孩后来得到美国大学研究所的奖学金，出了国，而且拿到生化博士，拿到博士时小男孩已经是个青年了，那时候他二十七岁。

乍看，这篇文章还不坏，但是你仔细想想，是不是里面说了好多废话，可以精简得多呢？譬如你可以写成：

> 六岁丧父、母子二人相依为命的大毛，人穷志不穷，不但从小总是班上第一名，而且获得美国奖学金，二十七岁拿到生化博士。

前后比一比！前面那篇文章一百五十八字，后面只有五十六字，虽然相差近三倍，内容不是一点也不少吗？

为什么？

因为简练——

单单"母子二人相依为命的大毛"这十一个字，已经告诉读者：那是个小男孩，他长在单亲家庭，他妈妈只有他一个小孩，他的妈妈一直没有再嫁……

还有最后两句话——

"获得美国奖学金，二十七岁拿到生化博士。"

不是足以取代"小男孩后来得到美国大学研究所的奖学

金，出了国，而且拿到生化博士，拿到博士时小男孩已经是个青年了，那时候他二十七岁"吗？

在这个瞬息万变的时代，简练是非常重要的。写文章要简练，说话要简练，做事更得简练。

记得我有一年去某国观光，离开时，到机场，发现排了两条长龙。

我照牌子上的指示先排一条队，等了很长时间才到柜台，原来是交机场税；接着赶往另一条长龙，又排了近二十分钟，原来是交都市特别税。

当时听到许多观光客抱怨：

"为什么不一起交？不是可以省下很多时间和人力吗？"

我还记得以前在中国台湾外出，也要先排队交机场税，再在出关口的时候把收据交给机场人员。所幸经过民众多年抗议，不久前终于简化，方法很简单——

买机票时就附加了机场税。

多么简单啊！这么小小一个改变，不知省下旅客多少时间，省下机场人员多少劳力。

孩子，这世上可以简化的事太多了。只有那些懂得去芜存菁的人，能够创造出好作品；只有那些知道精简人事的公司，能够有竞争力；只有懂得化繁为简的学生，能够有过人的表现。

著名的美学家朱光潜说得好——

> 好好选书读，要知道读了一本坏书，也就浪费了能读一本好书的时间。

我要讲：

好好利用时间，你多写一个赘字，就少了一个使文章内容更丰富的机会；你多啰唆一句话，就失去了说一句有意义的话的机会；你多浪费一分钟，就失去了把握这一分钟的机会。

而且你要知道，负一和正一的差距，不是一，而是二！

谈时间

时间不同于物品，后者可以从外面获得，前者却不论怎么想办法，你的每一秒钟还是跟别人的每一秒钟一样，是借不来，也留不住的。同样，时间也是固定的，不是用在这里，就是用在那里。用在这里的时候，往往不能用在那里。

聆听的学问

> 有位舞台剧演员，独自到舞台边，突然听见下面传来嗑瓜子的声音，虽然只有一声，他却气得差点从台上跳下去，掐住那个人的喉咙。

在人们聊天的时候，经常会出现这么一个现象——

其中一人正兴高采烈地述说，却发现大家突然交头接耳，岔到别的话题，原来的听众似乎一下子全转向了。

正当他尴尬得不知如何是好的时候，如果你能做他唯一的忠实听众，甚至大声地追问："继续说啊！下面的事情怎么发展？"他一定仿佛溺水时突然抓到援手般，眉头一扬，又恢复了精神，续完他的故事。

每个人都可能碰到过这样的场面，都可能是那个故事说到一半，不知如何是好的人，也或许是那及时为人脱困的朋友，更可能是另起炉灶，岔开他人话题，换成自己发挥的人。

但是我相信，最令你感念的，应该是那追问你"继续说啊！下面的事情怎么发展？"的朋友，最让你咬牙切齿的，则是泼你半盆冷水，大家突然转变话题的场面。

说话时，使听众注意力集中，是一门学问。

听话时，集中注意力于说话者，更是一门学问。

因为前者是才能，后者是德行。

这种德行，可能包含尊重、体谅与忍耐，并不是人人都能做到的。

当我们听演讲或音乐会时，知道要准时入场，中途不能讲话，也不该离座，因为这是对台上人的尊重。

如果这台上人的演出很差，你却能维持风度听下去，不是一种忍耐吗？

问题是，忍耐对你来讲只是一时的，如果你半途离场，对台上人的伤害，却可能是永远的。

有位舞台剧的演员对我说，他一辈子也不会忘记有一回在戏中独自到舞台边，突然听见下面传来嗑瓜子的声音，虽然只有一声，他却气得差点从台上跳下去，掐住那个人的喉咙。

他为什么那样气？

因为他觉得自己没有被尊重，那嗑瓜子的一声响，伤了他的自尊心，而这种伤害常是永远的。

至于我说聆听人讲话，也是一种体谅，就更值得你深思了。因为"事不关己，不关心"，你会发现许多在述说者心中最了不得的事，在外人耳中，却是极无聊的。

譬如遭遇情感问题的人，谈她少收到几封信，白打了几通电话；得意的父母，说他的孩子又考了多少第一，得了几个甲上；沉迷于宠物的人谈他的猫狗如何通灵懂事。如果你没有体谅，不知道情人心、父母心，乃至宠物心，再加上缺乏忍耐与尊重，是极可能无法长久听下去的。

我有一位朋友，曾在长途车上，以几个小时说他研究制作纸花的心得，仿佛他已经是世界上最伟大的纸花艺术家，并计划如何打开全球市场。

隔了几个月，他又改变话题，说他得到一种祖传秘方，将来可以大量生产，且会得到诺贝尔奖。事后同行的人怪我，为什么一直听下去，而且有唱有和的，明明知道他在做梦，为什么不拆穿，又何苦做他的唯一听众。

　　我说，因为这是他再三遭遇挫折后，唯一做梦的机会。有些人的梦可以早早打断，有些人做梦的权利，却不是我们应该去剥夺的。

　　这种听话的忍耐力，是因为我了解他的苦，也可以说是一种体谅。

　　从以上这些例子，你应该知道，聆听人讲话，是一门多大的学问！你要学着去尊重、去容忍、去谅解，必能因此获得对方衷心的感念。

刘轩的话

//

社交的秘诀

当有人在说话中途被打断时，那个说出"请继续啊！"的人，常令人感激。

我自己也有很多类似的经验，像我在哈佛研究所念书时担任助教，与学生讨论时就很注意这点，让大家都有同等的发言机会。哈佛学生大多很有主见，因此常有学生在说话中途被他人打断，这时我会坚持让前面那人说完，或者想办法把话题接回去。教授和学生都因此很喜欢我。

平时我也会尽量当一名好听众，而且老实说，好的聆听者一定也是好的约会对象。常会听到一些女性朋友抱怨，很难遇到知心的约会对象，因为大部分男生都忙于卖弄自己。如果有个人愿意聆听，往往最能拉近关系。

向前走，别回头

> 失败的时候，你可以坐在地上，回头看害你跌倒的
> 坑洞，检讨自己为什么失败，你也可以伤心、落
> 泪。但是应该一边擦眼泪，一边站起身，准备再一
> 次向前冲。

昨天下午，我们去杰克叔叔家，拿他拷贝的光盘。那是
妈妈为你录影，再请杰克叔叔用电脑制作的。

一进门，杰克叔叔就秀给你看，他怎样把杂音消除，又
校正了钢琴伴奏的一个音，还问你要不要用电脑把节奏调快
一点，表现更好的小提琴技巧。

你断然说不要，因为那是欺骗，你要靠实力被录取，而
不是制作一个假的演奏光盘送审。

于是杰克叔叔把他拷贝好的光盘播放出来。你坐在那
儿，侧着头专心听。妈妈和乔伊阿姨、杰克叔叔在厨房聊

天，我则坐在客厅陪你。看你一边听，一边不断露出惊讶的表情，还歪着头，做出不解的样子。你听了一遍又一遍，脸色也愈来愈不对劲，终于开口了："为什么强音都不见了，弱音又变得那么强？我拉的真是这样吗？"

但是杰克叔叔把你原来的录影带放出来时，效果也差不多。

才出门，坐上车，我从后视镜里就看得出，你的眼眶红了，一个劲自言自语地说"原来我拉得那么烂"，又说"一定就如同杰克叔叔说的，是因为妈妈录影时太靠近，录影机又不够好，才会变成那个样子"。

孩子，看你失望的样子，我也好伤心，但小提琴是你在拉，我也没办法。如同你去参加"草山音乐营"的选拔，那是公平竞争，我只能暗暗祝福你。

但是，我要对你说说我自己的经验。

我学生时代画画，常常画出来的跟事先想象的差太多，就怨自己失常，再重画一张。可是画完后把两张比比看，发现还不如第一张好，甚至再画第三张，偏偏第三张也不及第一张。

但是，当我经过一年半载，再重画的时候就不一样了，许多前面没办法克服的问题，突然都被解决了。

你说这是为什么？

因为进步了！在这段时间，我继续学习，虽然没有不断重复那张失败的作品，但是因为整体程度提高，再动笔的时候，自然就不一样。

同样的道理，你以为你如果再请钢琴师来一趟，再花半天时间录音，就一定有大的进步吗？

错了！你可能改得了小地方，但是整个程度是不可能改变的。所以，你与其一直自责"没录好"，不如想是因为"没学好"；与其重新录音，不如向前学习。

中国人常说"闻过则喜"，意思是听到自己有过失就高兴。这话好像有点滑稽，但有它的大道理。你想想，如果今天发现了自己的错误，能立刻改进，不是比"不知错、不能改"要好得多吗？

你今天正应该闻过则喜，因为过去你只是自己练习，就算参加演奏会，我们为你录了影，你也从来不细心看，只会在放映时不停地叫："烂死了！烂死了！"似乎从来没有满意过自己的表现。

你却忘了应该通过那录影好好检讨自己的缺点，注意听听是不是你自以为的强与弱，实际上别人听起来都不够。这也是为什么学语文、学体育的人总要别人为自己录影，因为只有当你站在另一个角度，冷冷地看自己，才能发现以前"闭门造车"的错误。

想想，如果你以前在看录影时，像今天一样，发现自己的大缺点，不是这段时间就能改进了吗？而今天，你固然没录出自己满意的光盘，但是能因此检讨，不也该高兴吗？

孩子，人是要往前看的，尤其是年轻人，更要把眼睛放在远方。记得二十多年前，我当电视记者的时候，有一天去采访台湾大专院校美术系的入学考试，有个考生已经考了好多年，又卷土重来。我问他考得如何，他耸耸肩笑道："可能还是不怎么样。"我又问他还会再试吗，"当然！"他斩钉截铁地说，"我现在已经开始准备明年再来了！"

多有意思，也多积极啊！失败的时候，你可以坐在地上，回头看害你跌倒的坑洞，检讨自己为什么失败，你也可以伤心、落泪。但是应该一边擦眼泪，一边站起身，准备再一次向前冲。

由"闻过则喜"，到"当下努力"，细细想想我的这些话，把光盘寄出去，接着回家继续努力，比你一直懊恼、自

责，有意义得多。而且，说不定你只是多虑，后来还是会被
录取呢！

刘墉寄语

成功之父

当我们挖井的时候，每下一锄之前，总是想会有水冒出来，而当挖下去并不如愿的时候，又会想下一次可能成功。于是不断地向下挖，等到水真正出现时，才惊觉自己居然已经挖了那么深。

我们成就许多伟大的事，都由于对上一步的失败并不气馁，而对下一步的来临充满希望。因此可以讲，"失败为成功之母，希望是成功之父"。

你舍得吗?

> 只有懂得取舍的人,才能站到巅峰;只有能狠心割
> 舍的人,才可以历劫归来。

女儿从图书馆抱回一大摞书,砰的一声丢在地板上哭丧着脸说:"才两个礼拜,怎么读得完?"又说英文老师早讲了,她要给他们"上吨"的书去读,还说天天会给功课,就算十题中只有一题没做,也要扣一半的分数。

接着她又抱怨物理老师,说他教得太快了,害她回家要花好多时间一点一点想,才想得通。

开学才三个礼拜,我发现女儿已经瘦了,而且总在夜里两三点钟,还听见她的脚步声。

几乎每个刚进高中的学生,都有这种不能适应的问题。很多初中功课很好的孩子,突然发觉成绩不再那么好拿了,

课本的内容加倍了，就算不看电影不上网，都难应付。也可以说，他们的时间一下子不够用了。更可以讲，他们不得不改变过去用时间的方法。

不久以前，我看了一本由女医生艾伦·罗丝曼（Ellen Lerner Rothman, M.D.）所写的《白袍》（*White Coat*），讲她在哈佛医学院的经历。整本书四百多页看下来，我印象最深的是她提到准备参加医师资格考试，同学们都紧张得要死。有位学长教大家在空白的表格上精确地列出复习每一科要花的时间。也就是根据距离考试所剩的日子来做读书计划。譬如"组织学"第三章只需要二十九分钟，但是"心脏血管病理学"则要花三小时五十八分钟。每算好一科要花的时间，都得严格遵守，绝不多花一分钟，也不少念一分钟。

乍看，多呆板哪！他居然会算出来三小时五十八分钟，何不写四小时？不过两分钟之差嘛！

但是细想想，到考试的时间已经在那儿，上帝不会为任何人把太阳下山延后一秒钟。要读的书也已经在那儿，不可能不读还考得好。这两大条件既然都那么没伸缩性，读书计划当然也就没有讨价还价的余地。

于是可以猜想，那些医学院的学生，在面对一摞又一摞的教科书、参考书和嘀嘀嗒嗒的时钟以及攸关前途的考试时，他们的焦虑一定非常严重。

鱼与熊掌不可兼得，怎么办？

当然是做取舍！

假使"组织学"的资料是三百页，准备的时间只有二十九分钟，只好用这点时间大略地翻翻以前写的眉批和重点，甚至看看索引和目录，从那里回想一下上课时学到的东西。

我是学艺术的，每次出去写生，也面临同样的问题——

可画的东西太多了，我必须以最快速度，先整个绕一遍，接着选好一个"景点"写生。写生之前又得先看看有多少时间。如果是三个小时，我可以用铅笔起稿，勾好构图，再细细画。相对而言，如果只有十分钟，只好连草稿也不打，拿起笔就"速写"；而且大笔挥洒，只画大概，不画细节。

同样的道理，当高中老师开出一堆书单时，难道也要像在小学一样，把每个字都背下来吗？

当然不行！

随着年龄的增长，要学习的东西愈来愈多，也愈来愈会发现，面对大问题时，第一件要做的就是取舍。

小学时，课本薄薄的，可以把每个字都背得滚瓜烂熟；中学时，课本已经厚得多，又可能"一纲多本"，老师叫大家参考不同版本的教科书，已经不能全部精读。等有一天，进入大学，选了科系，读文科的不必再念理科，不是自自然然就做了舍弃吗？至于进入社会，又可能因为职业的关系，有了更大的专精与更多"一生再也不会碰"的东西。

人不能"超现实"，当时间有限、工作无限的时候，就得像那哈佛医学院的学生——不能不舍得。

"舍得"这个词用得太妙了，如果不"舍"，怎么"得"？当你手上拿不下了，只好舍弃一些。

这好比许多考试，题目多到即使你都会，也可能做不完，这时如果遇上不确定的，要"卡"在那儿想，还是立刻跳过，做下一题？

又好比，当数码相机的记忆卡已经满了，却发现珍贵的景物时，只好把前面拍的"次要"的东西删掉，留出空间，抓住眼前千载难逢的画面。

更好比最近《读者文摘》上的报道——

一个加拿大的农民，被曳引机轧住了左手。四野无人，为了保命，只好用随身的小刀，把被轧住的拇指和食指切断。

多惨哪！一刀刀切开手掌，但那舍不是真舍，而是为了进一步地"得到"。

得到生命！

所以为了使自己能在某些科目有特别杰出的表现，每个学生都必须知道舍。选择性地阅读，跳跃式地学习，甚至在必要时，退选一些没有必要的科目。

年轻朋友，请不要怪我居然浇冷水，也千万别说你硬要"全 A"！

这世界是公平的，你不能样样都拔尖。

每个人的时间和体力差不多。在未来，只有懂得取舍的人，才能站到巅峰；只有能狠心割舍的人，才可以历劫归来。

刘墉寄语

//

鱼与熊掌

随着时代进步的重要，许多平房都改建了楼房，甚至不少楼房也拆掉重建为更高的大厦。原来的房子之所以要全部拆除，很少是因为破旧不堪，而是为了使土地发挥更高的效用。

同样的道理，在我们生活当中，许多事物需要全部更新，并不一定是原有的不敷应用，而是为了追求更高的理想。这也就是鱼并非不好吃，但是与熊掌不可兼得时，只有舍鱼而取熊掌的道理了。

比尔·盖茨的 C

> "别人学习的时候你学习，别人看电视的时候你上
> 网"，远比"别人学习的时候你上网，别人看电视
> 的时候你学习"来得好哇！

最新的福布斯全球富豪排行榜出来了，想当然地，又是
微软总裁比尔·盖茨蝉联冠军。

据说比尔·盖茨在学校的成绩从来没好过，中学总平均
成绩是 B；刚进哈佛的时候，因为压力太大，得了溃疡性肠
炎，不得不回家疗养。第一学期平均成绩更烂，只有 C。

你大概要问他既然高中拿 B，怎么进得了哈佛。

这就妙了——

他居然在 SAT 中，拿了全美国前十名的高分。

对比尔·盖茨念书的方法，我不清楚，但我相信他一定

是个绝顶聪明，又知道用时间的人。举个例子，我最近看报道，说比尔·盖茨每天早上开车到办公室，并不立刻乘电梯上顶楼办公室，而是坐在车里用手机打重要的电话，以此就可以证明。

想想，他为什么不在办公室打？

那必定因为电话很重要、很机密，或是绝不能被打扰。他知道只要进办公室，就可能有一堆东西等着他处理，有一堆会议和访客等着他应付，或有一群职员想要见他。

单单面对这些冗杂的事情，就会扰乱他的心，影响他的思维。所以，他进办公室之前，先静下心打重要的电话。

这个道理我三十多年前就体会了，所以在《萤窗小语》上写了《四个三十不等于一百二》的文章。

那是因为我发觉，如果准时进办公室，不断有干扰，两个小时办不了什么事。反不如偶尔早两个小时到，一个人安安静静处理事情。

被打散成四个三十分钟的两小时，绝不等于连续两小时的效用。

一直到今天，我家都如此。

每天女儿放学回来，只要看见我关着书房门，就会轻手轻脚地活动；有话跟妈妈讲，也必定躲到楼下。

因为她知道我在写作，不能被打扰。

但是晚餐之后，虽然我还在书房工作，她却没什么顾忌，甚至经常进来找我讲话。

因为她知道我可能在跟台北办公室联络、发电子邮件、传真或给读者回信。这些事就算四周有点声音，也无妨；被打断，也影响不大。

问题是，她虽了解我用时间的方法，自己却不懂得掌握。

我发觉她下午回到家，正好我在写作，全家都安安静静，她却常用来东翻翻、西翻翻，上网聊聊天。又在吃完晚餐，家里两台电视都开着的时候，做数学和物理这些极需安静的功课。

她大概没计算过，下午两点半放学，到七点多吃晚饭，有将近五个小时安静而完整的时段。吃完晚餐，因为一肚子食物，不宜用脑，等到开始工作，距子夜已经不到三小时了。加上这时候，亚洲是白天，有许多越洋电话找我。她忙一天，又累了，不适合用来做费脑筋、要安静的功课。

这不只是我女儿的毛病，也是一般人的通病——

不懂得考量主观和客观的条件。

主观上，每个人要知道自己最好的精神状态是什么时候。譬如有些人清晨特别清醒，可以早早起来读书；又有些"夜猫子"恰恰相反，早上糊涂晚上精明，只好多利用灯下苦读。

客观上，要看周遭的情况。譬如以前台湾的作家都爱夜间写作，可是现在许多人改在白天写，夜里出去扯淡。那是因为以前台湾的生活环境差，房子小、隔音不良，作家都要等夜阑人静的时候"笔耕"；现在进步了，连汽车都极少按喇叭，安静的条件容易达到，他们的创作习惯自然改了。

同样的道理，学生平常可以根据人的作息习惯，掌握最佳的学习时间；如果来了客人，白天吵，则要调整读书的时段；至于有一天，住到宿舍，或在外旅行，又得根据情况做调适。

他永远要心里有数——

什么是安静时段、什么是喧哗时段，什么是最佳思考时段、什么是脑袋最不灵光的时段。

"别人学习的时候你学习，别人看电视的时候你上网"，远比"别人学习的时候你上网，别人看电视的时候你学习"来得好哇！

刘墉寄语
//

精算时间

在这个追求速度的时代，你必须从小就懂得"精算时间"。你要分清楚安静时间、嘈杂时间、完整时间、破碎时间、长时间、短时间，而且按照轻重缓急安排时间。

还有一点，就是要以时间来争取时间。把握小时间，创造大时间，使自己能在繁忙之间，有完全放松的时刻。让许多想象、创意和浪漫，好像在一块空白的画布上纵情地挥洒。

会用时间的人不拖延、不瞎忙，而是有计划地分配时间。忙碌之间有休闲，休闲才能产生创意、积蓄力量，让你走更远的路。

当下的成功

> 不要以为自己成功一次就可以了。"现在的成功"是重要的，而"现在"马上便成为"过去"，下一刻又得有下一刻的成功。

今天下午我请你母亲到后园小坐，难得出去晒一下太阳的她，居然指着零落将残的四季豆，问我是什么植物。我大吃一惊地说，那是她已经享用了一整个夏天的四季豆，并且责怪她居然五谷不辨。

你知道她怎么回答吗？

她说："我不管！只因为我看不到结着豆子，所以不认它是豆子。"

这两句话使我大有感触，因为它们代表了世上大多数人的价值观，也显示了现实的冷酷无情。

是的，没有豆子，就不认它！不管它过去有多大的贡献，只因为没有亲眼见到，或现在看不出，就无法认同。对人来说，不论你过去多么成功，如果此时没有表现，也往往被否定。

洛克菲勒每天晚上都要对自己说同样几句话："你虽然有了一点成就，但只要不继续努力、虚心学习，就会被人击倒……"

西方有句谚语："没有失败的成功者，只有成功的失败者；没有失败，只有失败者。"更说："没有成功的叛国者！"因为叛国者若成功了，便是革命家。这不正是中国的"成则为王，败则为寇"的道理吗？

所以，不要以为自己成功一次就可以了，也不要认为过去的光荣可以被永久肯定。在这个世上，"现在的成功"是重要的，而"现在"马上便成为"过去"，下一刻又得有下一刻的成功。

记住！没有豆子在上面，就不认它是豆子。这是你母亲说的，也是大多数人会说的一句话。

刘轩的话

//

头衔的重要

"没有豆子在上面，就不认它是豆子。"我自高中时代，就总听老爸说。

以前我认为，如果你从事的工作内容已到某种程度，人们就会认定你是符合那个标准的人，为什么还要受到头衔的约束。但现在，我开始相信一些让你获得头衔的工作经验是重要的，因为那像奖杯一样，说明你曾经做过的事、达到的成就。也因此在工作上，现在的我会尽量留下完整的记录与作品集，也会去争取该有的头衔，因为那表示别人对你的认知。

所以我要在这儿加一句："即使你知道自己结了豆子，也一定要让大家看见，否则人家会以为你只是豆苗！"

02

创造自己

创造自己的个人
风格，活出真正
的自己！

我们不能以"与别人没什么不同"的自己存在！因为那没有真正地活出"自己"来！

当别人的五层楼完工时，
你的地基可能还没打好。
如果因为羡慕别人的五层楼成绩，
或被那落成的鞭炮声扰得心慌意乱，
只怕你就没有资格去盖五十层的大楼了！

我每个月花几万块，
让他高高兴兴、十分满足地坐张闲椅子，
不用几年，他就因为跟不上社会的脉动，
而不再是个人才。

那些中乐透大奖的人说：
"我们先还清房子的债款，买两辆新车，
送些钱给我们的父母，去佛罗里达度个假，
然后开着新车回去上班！"

当你的左眼被打到时，

右眼还得瞪得大大的，

才能看清敌人，也才能有机会还手；

如果右眼同时闭上，

那么不但右眼也要挨拳，只怕命都难保！

在未来的人生中，
父母不可能是永远的依靠，
反而是与你年龄相仿的同学，
可以给你就近的帮助。

把手给我！我拉你上来！

孩子，以后要靠你
自己去努力了……

刘墉
人生三课

比，才有进步

> 比，不是狭隘地排斥别人，而是积极地参与；是认知别人，肯定自己；是精益求精，更上一层楼。

今天晚上，当乔安娜打电话来的时候，我顺便问了一句："她的功课比你好，还是比你差？"而在你答"比我好一点点"之后，我有些惊讶地继续问："你已经是平均九十六点多，她居然还要更好？"

这时你似乎有些不太高兴地说："这又怎么样？我们同年级还有一个叫阿曼达的女生，平均九十九呢！人漂亮，参加的活动又多，而且还交男朋友！"最后你气呼呼地扭头而去，还撂了一句英文："Why always compare me with other people? To each his own!"（为什么总是拿我跟别人比？我是我，人家是人家！）

多年来，几乎每次当我将你跟别人比较时，你都会有这样不愉快的回应，而在我与其他家长聊天时，也知道他们的孩子同样不喜欢比，也都曾抱怨自己的父母喜欢比。

不错！美国是一个大的国家，九百三十七万平方公里的土地任你驰骋。此地不留人，自有留人处，你确实可以不必处处跟人比，而找到自己生存的空间。

但是，你更要知道，当你想往高峰爬的时候，也便有来自九百三十七万平方公里土地的精英与你竞争，这也就是你能获得纽约市演讲比赛冠军，到了纽约州却败下来的原因。再想想，就算你能在全州得到冠军，到了全国大赛还有得胜的把握吗？

其实我们从出生就面对这个充满竞争的世界，我们一方面该庆幸自己能生在科学昌明、生活富裕的时代，一方面也得知道，我们面对的是知识爆炸时代的竞争。

何止科技、知识的竞争，连体育也是如此，想想四十年前的体育纪录，再看看今天的最好成绩，当时的世界金牌得主，只怕今天都无法进入决赛，甚至不符合参加的最低标准。

过去你只要在一乡跑得最快，就被人们称为"飞毛腿"，神气得不得了，因为那是交通不发达，越过一个山头，就换一种口音的时代。但是后来有了全国运动大会，进而参加了奥运会。直到这时候，许多中国人才发现，原来自己在武侠小说里崇拜的"草上飞"和"浪里白条"，到了世界级的竞技场，只能勉勉强强地殿后。

但是也正由于比，人们开始提升自己的标准，追求更高的理想，从失败的痛苦、愤懑中激发力量，并学习别人的长处。今天华人在许多方面，不是已经凌驾西方了吗？

比，确实不是很愉快的经验。那不愉快，是因为打破了自己编织的"满足的梦"，也可以说是使自己面对了现实。有什么事情比你面对敌人，当面交手，来得更真实呢？

所以中文里有句俗语："人比人，气死人！"周瑜更在屡次受挫于诸葛亮之后说："既生瑜，何生亮？"意思是既然生了我周瑜，为什么老天又要生下诸葛亮呢？问题是，如此推下去，每个比赛的第二名，都愤愤地说："如果得第一名的那个人没有来参加，我就是第一！"第三名说："如果得第一、第二的人不来，我就是第一！"这世界还可能进步吗？所以在这个充满竞争的时代，我们即使得了第一，也应该用相反的方式来想："只怕是有高手缺席，所以我能得冠军，他如果真来了，恐怕我就是第二！所以今后要更加努力，才能面对强敌，也才能保持既有的荣誉！"

如此，这世界就能不断进步！

记住！不要认为不去跟别人比，就能减少面对敌人的机会，也就能比较快乐，因为你不去比，别人却要来跟你比，这个世界也总是把大家放在一起比！参加入学考试，当有人金榜题名时，就同时有人名落孙山；参加就业考试，当别人入选时，你就可能被淘汰出局；甚至我们能来到这个世界，也是从亿万竞争对手间脱颖而出，才得以受孕成为我们的。

请问你，哪一样事情不是在比呢？我们整个生命的过程，都是比！不是你高，就是我低！

比，不是狭隘地排斥别人，而是积极地参与；是认知别人，肯定自己；是精益求精，更上一层楼。孟子曾说："舜何？人也。予何？人也。有为者亦若是。"就是由"比"，进而产生自我期许、积极努力的态度！

最后，我想问你，如果你不心存比的想法，为什么能记得那么清楚，乔安娜总平均分比你多了零点五分呢？

坦白说吧，你根本就在偷偷地比！

刘轩的话

//

不愿当一只老鼠

我当初为什么一直很不满意老爸用分数来比较？其实不服气的是比较的"标准"。

在史岱文森高中，大家都很会念书，考高分不难。记得当时全校的总平均分在九十分左右，在如此"评分膨胀"（grade inflation）之下，竞争往往只是小数点的差距。而如果只以成绩来排名，会忽略很多其他细节，像一个人的创意思考、对学校的贡献、做人的品性等。

美国人把盲目的竞争形容为"老鼠赛跑"（rat race）。在学校争分数，进入社会争薪水，老了还要争子女，比谁的头衔高、房子大、小孩上什么名校……

　　我承认,"比"的确会进步,但也容易让人成为老鼠。老爸,对不起,我当年的态度那么差,但我只是想说:这不是奥运会的田径大赛,这是我们的人生,请不要以零点五分之差来做比较的基础!

不必在乎

> 当别人的五层楼完工时，你的地基可能还没打好。
> 如果因为羡慕别人的五层楼成绩，或被那落成的鞭
> 炮声扰得心慌意乱，只怕你就没有资格去盖五十层
> 的大楼了！

不知你是否注意到，当你练琴的时候，我很少坐在旁边，甚至可以说，我故意避开。明明我在场，你会弹得特别卖力，为什么我反而躲开呢？

就因为你弹得特别卖力！

我发现当我在别的房间时，你会一小节、一小节地反复练习，磨那些细微的地方，但是只要我一走近，你为了表现，往往立刻加快速度与力量，弹出华丽的段落。问题是在那震人的琴音后面，是不是只有着贫乏的内容与浮面的技巧？

这使我想起初中到公园里参加写生比赛，当有人围在我身边看，为了让画面显得漂亮，以博取赞美，我也有操之过急的毛病，结果在不该渲染的时候渲染，在该打背景的时候却画了前景，在画的过程中固然可能看来比旁边同学的好，完成的作品却是失败的。

渐渐地，我知道是不必把围观者放在心上的。因为他们如果不内行，那品头论足的言语，根本没有价值；即使他们说得有理，也只能做个参考，毕竟作画的是我，不是他们。

这也使我想起大学刚毕业那年，主演话剧《武陵人》，在头一场戏之后，有位演员高兴地拿着报上的剧评宣读。编剧张晓风女士却淡淡一笑："何必介意别人写什么，首先要想想，那写评论的人，有多少分量。他如果说好，值得我们多高兴？他说坏，又能减损我们什么？"

当时，我十分诧异这位谦虚敦厚的女作家，居然说出那么狂傲的话。但在事后想想，却觉得这正是一位艺术家应当持有的态度。

无可否认，人有群性，听到大家鼓掌，常在没弄清楚什么事情之前，也跟着鼓掌。问题是，如果我们处处听别人的，哪里还有自己？

即使是自己，也不能完全听自己的！这句话听来矛盾，其实有大道理。这是因为我们都有天生的弱点，譬如缺乏耐性、拖延、懒散。当我们想开始做一件事的时候，那个"爱拖延的自己"很可能会说："不急嘛！明天再做不迟！"当我们画一张画时，明明知道色彩要一层一层慢慢来，那个"缺乏耐性、急于求功的自己"却可能会催着说："快！颜色上重一点，你看不是比较好看吗？"问题是：事情可能一天天拖下来了，那画上的颜色可能在最后变得太深。这些错误，实际都是事先可以避免的，就因为那天生的弱点，打碎了我们原有的计划，反而遭到失败。

记得我上高一的时候，每次作文总是虎头蛇尾，写不到三百字，就草草结束，成绩自然不好。而坐在我后面的一个同学，却回回拿高分。有一天我把他的作文拿过来细细看了一遍，才发觉除了破题，还要正面谈、反面谈，再加综合结论。"真累啊！"我说。

可是就在我耐下心，试着一边写，一边告诉自己"别急"，终于写完一篇长文交上去之后，成绩便一下子跃升。当我拿着发回的作文簿，看着那可爱的"甲"和美好的评语时，心想：原来得高分并不难，就是别急！

对！就是别急——不要急着在人前表现自己，更不要因为心急，而破坏了自己应有的计划！如果你想盖五十层大楼，需要打五层以上的地基；如果你只想盖五层楼，那么打一层的地基就成了。

最重要的是，如果你是前者，必须知道：当别人的五层楼完工时，你的地基可能还没打好。如果因为羡慕别人的五层楼成绩，或被那落成的鞭炮声扰得心慌意乱，只怕你就没有资格去盖五十层的大楼了！

如果处处都在乎别人，哪里还有自己？

如果不能克服自己天生的弱点，如何战胜别人？

请深思！

刘轩的话

//

如何不在乎

虽然我们都说不必在乎别人的眼光，但其实很难办到。举例来说，我去健身房使用跑步机，只要有一群辣妹走过，我一定会跑得比较卖力，而且光看旁边机器的数据就知道，并不是只有我如此。如果以精密仪器测量心跳、体温、皮肤电流反应等，我相信无论男女，只要感觉到别人注目的眼光，都会受到些微的影响。

如何受到影响又不被影响，这就不简单了。我很佩服某些职业篮球选手，罚球时能忍受对方的啦啦队与球迷在旁边捣乱、做鬼脸、骂脏话，还可以慢慢地瞄准，专心把球投进篮里。我相信那种定力一旦练成，也能转换到其他局面上，让人更稳、更不容易心慌意乱。

迎向战斗

> 最困苦的时候，没有时间去流泪；最危急的时候，没有时间去迟疑。

今天早上你起得很早，却迟迟不见走出房门，直到我过去察看，才发现你居然坐在床边发愣。

遇到紧急状况却发愣，是你的老毛病。我一直记得两年前，当你母亲半夜有急病，我把你叫醒之后，你也是站着发呆，直到救护车开到门口，才稍稍清醒。

最近我与你同学的家长谈到这个问题，她居然也有同感，并说从多年的观察中发现，十几岁的大孩子常是用这种方法来放松自己。她说现代社会和学校的压力太大了，孩子受不了，不得不用这种让脑海空白的方法，使自己能获得暂时的松弛。

我同意她的观点，但认为更好的说法应该是：当一个过去处处都由父母安排的孩子，逐渐地完全面对他自己的世界时，往往就会有这种表现。实在讲，那是逃避，所幸他们在暂时的逃避之后，多半能再站起来，面对眼前的问题。

但是如果一个年轻人不断地逃避，总以这种发愣的方式面对问题，等着别人解决，或让事情自然过去，装作与自己无关，会怎么样呢？我可以告诉你，这种人很多！甚至成年人，已经进入社会相当长时间的人，也可能有这样的表现——那就是沮丧和忧郁症。

有一位患忧郁症的朋友对我说，当他不得不打电话给某人时，却又往往希望某人不在。他既不得不面对问题，又不敢面对问题，整天躺在床上，用棉被蒙着头，缩作一团。

那棉被是什么？

是鸵鸟用来藏头的沙土！也是婴儿母亲的怀抱！

孩子们遇到困难时，总会躲进母亲的怀抱。在我们成年之后，虽然知道母亲不能再为我们解决问题，却在潜意识里仍然存有那种逃避和找寻安慰的想法。因为它是最原始的回应，在我们童年的记忆中，也是最有效的。

就因此，成年人还总是叫"我的妈啊！"。许多长得高头大马的青年，甚至花了发的中年人，也可能躲在母亲怀里痛哭。

问题是，母亲不在，怎么办？

他便用棉被蒙起头来，或是躲在角落里发愣！

所以当我发现你有发愣的习惯时，一个想法是：那很自然！每个年轻人，在成长的过程中，都会这样，这是为他下一刻的战斗积存力量。另一个想法则是：这是很重要的时刻，我必须教他如何减少逃避的想法，立即进入现实，因为这个充满竞争的世界，是不等人的。

记得你小时候玩耍时常说"play opossum"吗？意思是装死，因为负鼠（opossum）这种小动物，遇到强敌时就会装死。

相信你也看过许多昆虫，在被人抓到之后，会立刻仰面翻倒，一动也不动。

你必然读过两个人遇到狗熊的寓言故事，逃不掉的人躺在地上装死，而没有被狗熊攻击。

你觉得这些装死的行为是不是很聪明呢？我可以肯定地告诉你，那非但不聪明，而且最危险，因为它们以放弃的模式面对困难，就连抵抗的机会都没有了。

每年在美国的高速公路上，不知有多少鹿被车撞死。一般街道上，也总有猫和鸽子被碾得稀烂。你知道这是为什么吗？因为它们在夜晚看到强光时，常会发呆地站在原地，不知逃跑，所以尽管有最长而善跑的腿、最佳的弹性和最强的飞行能力，却遭遇了悲惨的命运。

由此可知，并不是任何情况都允许你做暂时的逃避与停驻，不论你有多么强，面对紧急状况时，都必须立刻武装、立即回应、主动出击！

最困苦的时候，没有时间去流泪；最危急的情况，没有时间去迟疑。

在未来的岁月，希望每当你犹豫彷徨、面对压力而不知所措时，都能想起这几句话，把自己抓回现实，迎向战斗！

刘轩的话

脑内的战事

迎向战斗的反应，就好像当兵时从洗"战斗澡"到组装枪支，是用基本动作建立程序，再反复训练，锻炼出速度。这是必要的，因为如果每个动作都需要思考，就会来不及。

要克服晨起时的发呆，得先拟出一套起床的习惯动作，从刷牙到穿鞋出门，反复演练到滚瓜烂熟。如此一来，脑袋还是可以发呆，但身体同时在动作，也不会因此被老爸老妈数落了。

但是当大事临头，不知道该如何反应时，人们多半还是会愣在那里，思考片刻，然后才行动。没有想好就冲进战场，也是死路一条，所以我还是想说：如果希望孩子有行动力，也要给他一些思考和练习的空间，而非一个劲地催促。

玩物丧志

> 我每个月花几万块，让他高高兴兴、十分满足地坐
> 张闲椅子，不用几年，他就因为跟不上社会的脉
> 动，而不再是个人才。

这两天我一直有点纳闷，因为每当我跨进你的书房时，似乎你都紧张兮兮地按下电脑的一个键，屏幕上也便呈现几行我看不懂的字。我猜想你必是在搞什么鬼，可惜自己对电脑外行，所以当你说正在做功课，我也只好点点头，满腹疑惑地走开了。

今天当你打电脑时，碰巧有同学的电话进来，你只顾回身接电话，终于被我抓到——

你居然在拷贝电脑游戏。

而我进一步搜索后，才发现你的抽屉里居然有十几张电玩的磁盘。

当我拿着磁盘走出你的书房时，你的脸色突然变了，惶恐地冲出来，请我手下留情。

年轻人！我是多么心疼你的惶恐啊！但我又是何等不忍看到你因为功课做不完而睡眠不足的样子！如果你能功课、睡眠和运动兼顾，我怎么会专制到不准你玩电脑游戏呢？即使你想拷贝一百个，我也没有意见啊！

是的，照你说，同学只能借你几天，再不拷贝就来不及了。问题是如果他借你几十个，而且限定你第二天还的话，你是否就要整夜不睡呢？

这世界美好的东西真是太多了！电视上有看不完的好电影，等着你录，可是你有没有时间看？当你向前看还来不及的时候，岂能不断向后看，那只会使你摔跤的！

不知道你有没有发现，我最近很少拍反转片，照相机里虽然装着底片，却只有在遇到最难得的情况时，才按下快门。因为我发现过去拍的反转片，已经看不完，许多反转片只有在刚冲好的时候，能够对着光瞧一眼，连装进幻灯机的时间都没有，便束之高阁。

再想想！这世上可读的好书真是太多了，几辈子也念不完。问题是如果每一位作家都穷毕生之力，去读别人的东西，又怎么可能有时间创作呢？

你必定记得我曾经带你去过一个爱好摄影的朋友家，他的书架上放着上千卷的影片和录影带，说是为了嗜好，绝不舍得将拍好的带子洗掉重拍，所以积下那许多。问题是，他偌大的家业全没了。他有最好的电影摄影机，却买不起胶片；他有最好的影印机，却因为没钱请人保养、装墨粉，而无法使用。他的妻子离他而去，即使他留下的千卷影片和带子，也因为只知拍摄，不知取舍，而难有杰出的作品。那么，他能算是成功吗？

"玩物丧志"，这句话不一定正确。因为许多人由玩物的嗜好，进而成为行家。但你也要知道：只有懂得"进退"，知道什么时候停下脚步、精益求精的人，才能成功。至于耽迷其中，不懂取其精华、弃其糟粕的人，则必然要真正"丧志"了！

好比一群画家进入大花园写生，有些人很快地浏览，找到中意的花卉之后，就开始写生；有些人觉得每种花都漂亮，都"绝不能错过"，结果左挑挑、右拣拣，再加犹豫一番，到头来什么也没画，徒然跑得一身大汗。

那么现在你所说的"这里的每个游戏都好玩，绝不能错过"是不是有道理呢？只怕当你终于有一天，有空拿出来玩时，早有更进步、更精彩的东西被发明出来！如此说来，挑几个玩玩，不就够了吗？

我尤其担心的是，如果你不知取舍，今天损失还小，只怕未来会落入别人的圈套，而断送前途。

有一位杂志社的老板曾对我说："某人是个人才，我要高薪把他聘到！"

我问："可是你已经有那么多人才，聘下这个人，你有没有事情给他做呢？"

"没有！"那老板居然说，"但是总比落在别家杂志社的手上要好，我每个月花几万块，让他高高兴兴、十分满足地坐张闲椅子，不用几年，他就因为跟不上社会的脉动，而不再是个人才。到那时候，再放他出去，随便谁去聘请吧！"

多么可怕！他用每个月几万块的薪水，买了一个人的志气，也可能埋葬一个人才！

且不说未来，如果今天有位同学，嫉妒你的成绩，一下子借给你几十个好玩的电脑游戏，是不是也可能使你因为彻夜拷贝而精神不济、健康衰退，而把功课荒废？

只有知道衡量事情的轻重、缓急、先后与进退取舍的人，才能成功，也才不会落入别人的圈套！

请记住我的话，一生受用！

玩物也能立志

我在看这篇文章时，忍不住想着原来我以前和现在有一样的毛病。不过我必须说，老爸虽然认为我在拷贝电玩，但其实有个更大的乐趣，即破解电玩。也因此，当年我对程序语言是愈来愈熟悉，几乎成了一个小小"黑客"。如果让我继续研发下去，也许现在真成了一名超级"黑客"！

每个人都有搜集东西的习性，从邮票、棒球卡，到搜集电影、音乐等。我不觉得搜集是不好的行为，因为搜集多了，可以成为鉴赏专家。

　　"玩物"不一定会"丧志"，如果能在玩物中玩出学问，何尝不是"玩物立志"？

照亮你自己

> 那非但是看到你要做的事，而且呈现了你已完成的事、你的成绩和对未来的计划。
>
> 所以，那也是一面镜子，照亮你自己。

我在外面演讲的时候，谈到用时间的方法，常会考大家一个问题。

题目是这样的：

我家住在长岛，距曼哈顿相当远，可是当我拍了幻灯片，都得送到曼哈顿的专业店冲洗（大约要四小时冲好）。每次我进城，除了冲洗，一定顺便逛逛美术馆和书店。这三个地方的距离不远，请问我应该采取下面哪一条路线？

一、先把幻灯片送去冲，而后去买书，再去美术馆，再回去拿冲好的幻灯片。

二、先去美术馆，再去买书，最后去冲洗幻灯片。

三、先把幻灯片送去冲，接着到美术馆，而后去买书，再拿冲好的幻灯片。

四、先去买书，再去冲洗幻灯片，接着去逛美术馆，最后回去拿幻灯片。

答案是什么？

当然是三。因为冲洗幻灯片需要最少四小时，我不能选二，站在那儿苦等；选一也不妥，因为买了书，再去逛美术馆，很不方便，搞不好买的是本大厚书，一路提下来，把手都勒紫了。至于四，非但书重，而且很可能逛完美术馆，幻灯片还没冲好，得等半天。

比较起来，当然是先把幻灯片拿去冲洗，轻轻松松逛美术馆，再去书店买书，最后回到冲洗的地方比较聪明。到时候幻灯片冲好了，如果只有几张，连盒子都不用，往书里一夹，打道回府，不是好极了吗？

当你有许多事要做，又一样也不能省的时候，最重要的就是安排顺序。你会发现顺序不同，能造成极大的差异。

记得我以前在电视公司新闻部工作的时候，每天早上黑板上都写着一条条新闻。譬如九点钟有重要会议和某运动会开幕；十点钟有重要人物来访和重要展览揭幕；十一点有重大刑事案件的记者会；十二点有某团体午餐会议和某广场民俗表演……

因为在同一时间常有一堆新闻得采访，所以必须由领导安排路线。

妙的是，当不同领导安排时，常产生很大的差异。聪明的领导可能用三组人，就能应付一天的新闻，而且每组都游刃有余，一点也不赶。

碰上不怎么灵光的领导就不同了，他可能用五组人，连工友小弟都派去"打灯光"，还搞得手忙脚乱。

为什么有这样大的不同？

因为调配的先后——技术高明的领导，能把位置和交通看好，再计算每则新闻要花的时间和堵车的可能性；甚至把播新闻时可能放在前面播还是后面播都考虑进去。据我观察，那特别会安排的领导，总是先花时间一点点算好，再分派工作。至于那个不上路的，则"耍帅"，慌慌张张、毛毛躁躁，没想清楚就下令。

我也记得英国撒切尔夫人做首相时，有人问她日理万机，甚至还常下厨，是怎么办到的。

撒切尔夫人答得很简单：

"我只是准备个小本子，把要做的事写在上面，每完成一件，就画掉一项。"

我当时很不以为然，但是后来用同样的方法，却愈来愈觉得有道理——

第一，当每样事都清清楚楚地列在眼前的时候，可以像安排新闻路线那样，依照轻重缓急排列。

第二，记忆再好的人也会疏忽，这样一条条列下来，不容易遗漏。

第三，好像入伍服役的人，在床头挂个日历，过一天画一格。当你每完成一件事就删去一条，会有成就感，能鼓舞士气。

第四，那成为一个清楚的工作日志，以后可以随时回头检视。

如今，我更进一步，在记事本上以不同颜色的笔来写——

红色，记文学、绘画的创作。

蓝色，记下创作送去发表的地方。

绿色，表示出版的本数和书名。

黑色，记录日常事务。

当我这样的时候，由于一清二楚，首先不致"一稿两投"闹笑话。其次有个好处，是我可以由那三种色彩的距离，随时检讨自己是不是在某些时段创作太少，又在某些时间发表太少。还有，当红笔和绿笔注记太多的时候，我又得反省一下，自己是不是成为工作狂，应该放慢脚步，出去充电了。

希望你也能准备这么一个记事本。不必开电脑，不必用鼠标，只要伸手就能翻阅，一目了然地看到自己。

对！那非但是看到你要做的事，而且呈现了你已完成的事、你的成绩和对未来的计划。

所以，那也是一面镜子，照亮你自己。

谈拖延

其实人还有一个本性，就是拖，而且拖具有连贯性。到头来哪件事都没少做，却每件事都没能准时做好。拖的根本原因是"懒"，但还有另外的可能，则是不知道计划时间。治这个毛病，立即见效的办法是：到手就做！但还有一个速效且速成的良方，就是将所有的事列出来，立即决定做的优先顺序，并立刻动手！

当你发现自己总是慢、总是迟、总是赶的时候，请你想想我的话。抓住一个放假的空当，把未来非办不可的事列出来，并将已经拖延的事立即完成，就会发现虽然牺牲了一两个假日，却使后面的事，都能进入轨道。

失重的感觉

> 那些中乐透大奖的人说："我们先还清房子的债款，
> 买两辆新车，送些钱给我们的父母，去佛罗里达度
> 个假，然后开着新车回去上班！"

你筹办多时的派对，终于在今天早上结束了！可是一直到下午两点，居然都没见到你的人影，连一向震耳欲聋的音乐也消失了。我上楼探视，发现你躺在床上发愣，一副无精打采、有些落寞的样子。

这情景，使我想起以前演舞台剧，在热烈的掌声中落幕后，又回到台前谢幕，再次接受那英雄式崇拜的掌声。全体演员拉着手，以最优雅的姿态鞠躬，并看着幕布终于落下。

接着，便听见台下椅子移动和嘈杂的人声，然后是逐渐稀疏的脚步，以及剩下的沉寂。

这时幕布又被升起，以便拆除布景和打扫舞台，许多

演员在卸妆后再到台上绕一圈，大家相对笑笑，深呼吸几口气，像是说"好不容易，终于演完了"，又像在做深深的叹息！

松口气的时候，明明应该是最欢愉的，为什么反而叹息呢？这是多矛盾的事，但也是千真万确的！

我曾看到一个孩子在紧急刹车声中，躺在车子的前轮下，面色苍白直奔过去的母亲，在发现孩子居然幸运地毫发无伤时，突然出手，狠狠打了孩子两记耳光。当旁边的人怪罪："孩子没伤，你该高兴才对啊！"那母亲一言不发，掩面跌坐在地上痛哭失声。

她的哭，不正是在松口大气之后吗？当她奔向车子时，已经容不得她去想哭这件事，只有到松弛之后，一股脑地发出来。

前个周末，由纽约北部来上课的学生，请我填一份学费的收据，说可以由他们的公司付钱。原因是公司发现退休的员工，常活不了多久。于是接受医学专家的建议，鼓励即将退休的人，学习几种休闲技艺，或培养一些嗜好。果然施行以来，退休的员工，寿命延长了许多。

大紧张与大兴奋之后的轻松，不见得是全然的快意，那轻松往往只停留短暂的时间，接下来的反而是疲劳显现或茫然失措。

记得我在你这个年岁，每次月考完，都会去看场电影。而在电影散场时，竟是我最沮丧的时刻，因为我会突然跌入现实："过两天发成绩单，会不会考得太差？为准备月考而欠下的功课，还能拖得了几天？"

但这沮丧很快就消失了，因为成绩单终于发下来，功课也终于赶完交上去了，并有了新的功课和考试。真正较长期的沮丧，反而是在联考放榜后的一段日子。

那应该说是茫然，一下子放松之后的失重感，因为旧的目标已经达成，新的目标尚未设定！

曾有人问那些中乐透大奖的人，未来打算怎样安排自己的生活。因为数千万美金，他们三辈子也用不完。但你知道最普遍的答案是什么吗？

他们说："我们先还清房子的债款，买两辆新车，送些钱给我们的父母，去佛罗里达度个假，然后开着新车回去上班！"

是的，他们没有开着新车东游西逛，却常常是回到自己的工作岗位。其中有人说得好：

"工作，是生活的一部分。白吃，白拿，活着还有什么意思！"

另一个人说得更妙：

"有了足够的钱，仍然努力工作，愈会被人尊敬！因为你不是为吃工作，而是为工作而工作！"他强调："每一种生物，都会为吃工作，只有'人'属于后者！"

听了这许多，你应该了解为什么在这轻松的暑假，办完派对，反而有一种说不出的沮丧。

这沮丧要怎么治疗？答案很简单：

"投入现实，设定新的目标，迎向新的挑战！"

刘轩的话

//

来不及失落

我经常感受到文中提到的失落感。例如接音乐案子时，可能交件前两三天完全不睡觉，整个人陷入一种歇斯底里的亢奋状态，脑袋里反复奏着电影《碟中谍》的主题曲；有时快递已等在门口了，我还在刻光盘！但当工作完成，在短暂的轻松与庆幸之后，往往又落入莫名的低潮。

办活动时，连日的筹备、搭景、彩排，都是为了一场戏或一场秀。活动一结束，工头一声"撤"，所有人员立刻拆景，甚至连失落都来不及感受。这就是人生。在尚未体验结束的失落时，下一场已在等待着我们！

没有赢

> 当你的左眼被打到时，右眼还得瞪得大大的，才能看清敌人，也才能有机会还手；如果右眼同时闭上，那么不但右眼也要挨拳，只怕命都难保！

今天你参加纽约市的演讲比赛，没能进入决赛，我和你的母亲一起去地铁站接你，不是为了安慰，而是为了鼓励！

记得你上车时，我问你的第一句话吗？

我问："你是输了，还是没有赢？"

你当时不解地说："这有什么分别？"

我没回答，只是再问你，下礼拜在斯塔滕岛（Staten Island）的另一场比赛，你还打算参加吗？

你十分坚决地说："要！"

于是我说："那么你今天是没有赢，而不是输了！"

一个输了的人，如果继续努力，打算赢回来，那么他今天的输，就不是真输，而是"没有赢"。相反，如果他失去了再战斗的勇气，那就是真输了！

小时候，我读海明威的《老人与海》，里面说："英雄可以被毁灭，但是不能被击败。"当时只觉得那是一句很有哲理的话，却不太了解深层的意思。

后来我又读尼采的作品，其中有一句名言："受苦的人，没有悲观的权利。"我也不太懂，心想，已经受苦了，为什么还要被剥夺悲观的权利呢？

直到自己经过这几十年的奋斗争战，不断地跌倒，再爬起来，才渐渐体会那两句话的道理：

英雄的肉体可以被毁灭，但是精神和斗志不能被击败；受苦的人，因为要克服困境，所以不但不能悲观，而且要比别人更积极！

据说徒步穿过沙漠，唯一可能的办法，是等待夜晚，以最快的速度走到有荫庇的下一站；中途不论多么疲劳，也不能倒下，否则第二天烈日升起，加上沙土炙人的辐射，只有死路一条。

在冰天雪地中历险的人也都知道，凡是在中途说"我撑不下去了，让我躺下来喘口气"的同伴，必然很快就会死亡，因为当他不再走、不再动时，他的体温迅速降低，跟着就被冻死。

记得陈光霖伯伯吗？他曾经自己请愿到金门当蛙人，是个浑身是胆、充满斗志的人。他说过一段我永远不会忘记的话：

"当你的左眼被打到时，右眼还得瞪得大大的，才能看清敌人，也才能有机会还手；如果右眼同时闭上，那么不但右眼也要挨拳，只怕命都难保！"

可不是吗？在人生的战场上，我们不但要有跌倒之后再爬起来的毅力，拾起武器再战斗的勇气，而且从被击败的那一刻，就要开始下一波的奋斗，甚至不允许自己倒下，不准许自己悲观。那么，我们就不是彻底输，只是暂时"没有赢"了！

输赢摆两旁

最近中国台湾有个收视率非常高的歌唱比赛节目，两位实力相当的参赛者的 PK 大赛真是精彩。最让我讶异的是，美国也有很多类似的节目，当中的参赛者往往彼此钩心斗角，但中国的节目却没有这样的情形，参赛者间的感情反而如同好朋友，每当有人被淘汰时，总是会哭成一团。这或许是文化的不同，也让我觉得中国人真是善良而具包容力。

当大家为了荣誉而竞争时，其实根本没有输赢，就算没赢，也不代表输。这让我想起当年参加演讲比赛，总有些选手非常自傲，这时，其他参赛者就更想和他单挑，这是竞争时很容易产生的心态。不服输的态度对某些人来说，会在一对一的竞争时产生，但对另一些人而言，大型比赛更能激发潜能。最理想的境界是：大家都能学习奥林匹克的运动精神，以高尚的态度进行良性的竞争。

踏上征途

> 在未来的人生中，父母不可能是永远的依靠，反而是与你年龄相仿的同学，可以给你就近的帮助。

上个礼拜，你们的学校办"大学之夜"，邀请全美国一百多所大学的代表到校，接受学生的咨询。我原本说：反正理想的学校也就是那几所，而且到进大学还有两年，不必去了！你却坚持前往，希望能了解一下各校的情况、入学的要求以及如何申请奖学金。

昨天你念书到深夜两点多钟，我为你切了一块蛋糕，并端了杯牛奶给你，叫你早点上床，不要每天都睡眠不足，你却说："我也想早睡，但是没有办法，书念不完！"

于是我没再多讲，径自回房睡了。我很心疼你的辛苦，也实在想强迫你去睡觉，但是我知道我不能，因为你已经走上人生的征途，我不能代你出征，也不能把你留在羽翼之下，做个永远长不大的孩子。

最近几件事，使我发现你成熟了。成熟不能仅以年龄或生理的发育情况来论，而应该以心智的成熟为准。一个成熟的人，最基本的表现，是他关心自己的前途，也创造自己的未来，他不再什么都指望父母解决，而有了独立思考的能力。他的思考，也不再停留在幼年时的幻想、少年时的梦想，而指向理想的实践。

我常想，什么力量可以使一个人成熟，如果说那是环境的压力，为什么又有许多人，在压力下，迟迟不能面对现实？他们那种依赖、苟且、拖延和不负责任的毛病，甚至能维持一辈子。

我也常想起，自己高中时，一直到大学"联考"的前三个月，还在写文章嘲笑"联考"制度和同学们看书的可怜相，但是就在考前一个半月，我竟然也发了疯似的用功起来。

由于日夜颠倒、用脑过度，我那一阵子甚至非得服安眠药才能睡觉，而且由起先服用四分之一颗，到后来的两三颗。我常在清晨六点多上床，晚上八九点还没能合眼，只觉得头与身体都分开了，稍稍一转头，就轰的一阵晕眩。窗外的树变得特别绿，绿得透明而刺眼，只是我仍然无法入睡。

那时你的祖母开始担心了，担心她这个独子会出毛病，常说些"何必念这么多书？还不是一辈子，做什么不都过了？大不了不考大学，又怎样？不要念了！"这一类的话。

那时我的答复正跟你昨晚的一样："我也想早睡，但是没有办法，书念不完！"

这世上有什么会没办法呢？把书一甩，还不是过了？那么，是什么力量使我们不仅不再像少年时，常得父母督导着走，而是变得自己要强了？

从你最近的转变，我终于分析出来，那最少受到两个影响。其中之一，是身处的环境。你发现同学们闲聊的不再全是异性、游戏、舞会、电影、电玩，而逐渐变成：

"你打算未来进哪所学校？"

"你老头是不是供得起你念常春藤盟校？"

"你今年打不打算考 PSAT（学术评估测试预考）？"

"你暑假要不要进特殊的学术训练营？"

"你的课外活动成绩够不够申请进入一流大学？"

等等。

你开始紧张了！因为当人群一起拥向山头时，仍然站在山脚的人，自然会感到孤独和彷徨。所以尽管山路难走，你也会跟着大家爬上去。

至于另外一个使你成熟的原因，是最近我很少管你。你在自由支配时间的情况下，渐渐发觉不论看了多少电视，到头来还是得把功课做完；不管功课做到多晚，第二天还是得六点半起床上学；无论你多么辛苦地赶地铁，原来算着可以准时到校，那车子要误点还是误点；不管你说出多少理由，老师要算你迟到你还是迟到，别的同学也很难帮助你。

于是，你开始意识到，别人不再能帮你走前面的路。在深夜一人读书时，不再有忧心忡忡的父母坐在旁边盯着。

你可以清楚地听见家里其他人的鼾声和桌上嘀嗒嘀嗒的钟响。你觉得孤独了！进一步发觉，恐怕在未来的人生中，父母不可能是永远的依靠，反而是与你年龄相仿的同学，可以给你就近的帮助。

而同学呢？同学纷纷踏上征途了！

可不是吗？我们都是在这种大环境的带领与个人的忧患意识下突然成熟的。

快快收好你的行囊追上去吧！行囊里有我们为你准备的

干粮与零用钱，还有我们的挂念。但是，年轻的你呀，我们是无法赶上你的脚步了，我们也不打算拖累你的行动。

毕竟你得自己面对眼前的坎坷与挑战啊！

刘轩的话

//

前方战事尤烈

这篇文章提到升学压力，其实当时我并不因为这样的压力而不快乐，相反，它让我有了前进的目标。

人难免受到环境影响，我就读的高中每年都有许多学生进常春藤盟校，也因此，升学压力自然比其他学校高得多。我高一的成绩很好，但高二之后，我反而彷徨了，怀疑自己为什么每个科目都要那么用功，甚至觉得自己没有目标。直到我找到新目标，重建价值观，一切才变得充实起来。

在我的成长过程里，有些同学自小就在父母的殷殷期盼下，非上常春藤盟校不可。当时的压力已经够大了，而今，我妹妹所面对的竞争更为激烈，因为世界愈变愈小，全世界的好学生都朝美国名校挤。也许有人以为美国学生没有压力，其实，若想进入好学校，压力可是一点也不少的。

反败为胜

> 今天你失败的地方，何尝不能成为未来杰出之处？
> 从跌倒的地方爬起来，那可能正是你更大成功的
> 开始！

今天傍晚，你一进门就倒入沙发里，把脚跷在妹妹的娃娃车上，抱着头吼："历史期末考试考得糟透了！这次是统一命题，结果老师死命教的东西，一题也没考；他认为不重要，半段也没教过的却考了一大堆！"

当我进一步追问实际情况时，你却猛挥双手："不要提了！不要提了！我连想都不要再想！"

而当我也冒了火，骂你为什么把在学校的气带回家里来时，你则含着泪光抬起头："爸爸！你要知道我这个学期单单为这门历史课写的报告就有一百多页，我忙到夜里两三点，我不是不用功啊！可是却没考好！"

是的！我知道你总为历史报告找资料，忙到深更半夜，但你为什么不想想，世上没有白做的学问。你的老师或许有异于出题老师的观点，在那厚如砖头的课本里，只选择他认为重要的地方教，使你跟着他念，考砸了。但虽然这次考试没考到，学问还是在你心里啊！

或许你要讲，大多数其他老师，教的重点都差不多，只有你班上的老师特殊。那么，你为什么不想你所学到的，也正是其他班没注意的呢？今天你失败的地方，何尝不能成为未来杰出之处？如果有一天大家谈到有关历史的东西，你把话题带到今天所学的主题上，不是就能知人所不知，而一鸣惊人了吗？

记得我在高中一年级，参加某报社举办的演讲比赛，在初赛时惊讶地发现一位强劲的对手，使用近于朗诵诗的语调和内容，而十分羡慕地回家模仿，岂知反而因为失去了自己原有的风格，模仿得又不成熟，而在决赛时落到亚军。

我失败了吗？没有！因为这世界上可能有投资落空的事，却没有白做的学问。我在那次比赛之后，痛定思痛地钻研朗诵诗，进而阅读各种诗学的图书，使我竟然能在大学时代，四次导演朗诵诗，参加比赛获得冠军。对于新诗的钻研，更使我得到了新诗学会的优秀青年诗人奖，甚至成为参加世界诗人大会的代表。

我问你，高中那场比赛，我是真失败了吗？我肯定地告诉你：从跌倒的地方爬起来，那可能正是你更大成功的开始！

当然，或许你要讲自己是跟错了老师，如同第一等的战士，因为跟错了将军，落入敌人的埋伏。若是如此，我就要说你不智了！因为在军队里，将军叫你往东，你不能往西，在学问的领域，却是任你驰骋的。当你发现老师用一整堂课，只是谈希特勒为什么叫希特勒，而有偏废的时候，你只好靠判断来自习了！

让我再讲个故事吧：

当我上小学五年级时，班上来了一位刚从师范学校毕业的美术老师，居然不教小朋友画图，只是把世界名画的月历挂在黑板上，命令大家写感想，评论那画的好坏。我当时已是学校里有名的"小画家"，十分不服气，就乱涂一通，结果公布成绩时，我是唯一一个被叫出去打手心的，那老师还说"看你长得瘦，少打一下"呢！

一直到小学毕业之后好几年，我都难解对这老师的痛恨。可是后来知道他离开教职，继续出国进修，成为不错的艺评家，而我，这个被打手心的，也走出了自己的艺术道路。

而今想想，谁错了呢？谁都没有错！如同你现在的历史老师，你可以不同意他，却不能否定他。因为非常的老师，往往有非常的观点，也可能有非常的成就。最重要的是，不论老师或学生，都应该有他们独立思考的能力。古人说"尽信书，不如无书"，我们也可以讲"尽信师，不如无师"！

希望你能以今天的考试作为教训，细细回想：是怎么跌倒的？是真的跌倒了吗？抑或只是成功的一种"低姿势的开始"？

刘轩的话

//

不争在一时

因为老师出了歪题而让我考差了，当时我真是很不高兴。感谢老爸的正面劝导，只是我觉得在只问收获的情况下，心里还是不平。

史岱文森高中有许多历史老师，学生常会挤破头去选修比较好过关的，还有一些人会以奇怪理由选择轻松的课程。当我选择那种不按牌理出牌的老师，结果在同样的科目上，别的同学轻易获得高分，但我拼死拼活却只得低分时，我怎能心平气和？

不过现在回想起来，能让自己学到额外的知识，还是比选

择容易过关的课程来得有收获。这是我在多年后才真正体悟出
来的。

PART 03

肯定自己

每个人都应当从小看重自己，在别人肯定你之前，你先要肯定自己！

加油！你是最好的！

刘墉
人生三课

如果我们自己都不能看重自己，
肯定自己的存在，
又怎么要求别人来肯定我们呢？

你可以化悲愤为力量，
但你不能怨恨，
因为怨恨只可能使你更偏激，更不理智，
甚至造成更大的失败。

天才不怕打击，
也不怕别人恶意批评，
他只是认清自己的目标，
以鸭子划水的方式，按部就班地前进。

为你每天系腰带、挂宝剑的人，
也是最能从身后给你一剑的人！
为你刮胡子的人，
也是把刀片放在你咽喉要害的人！

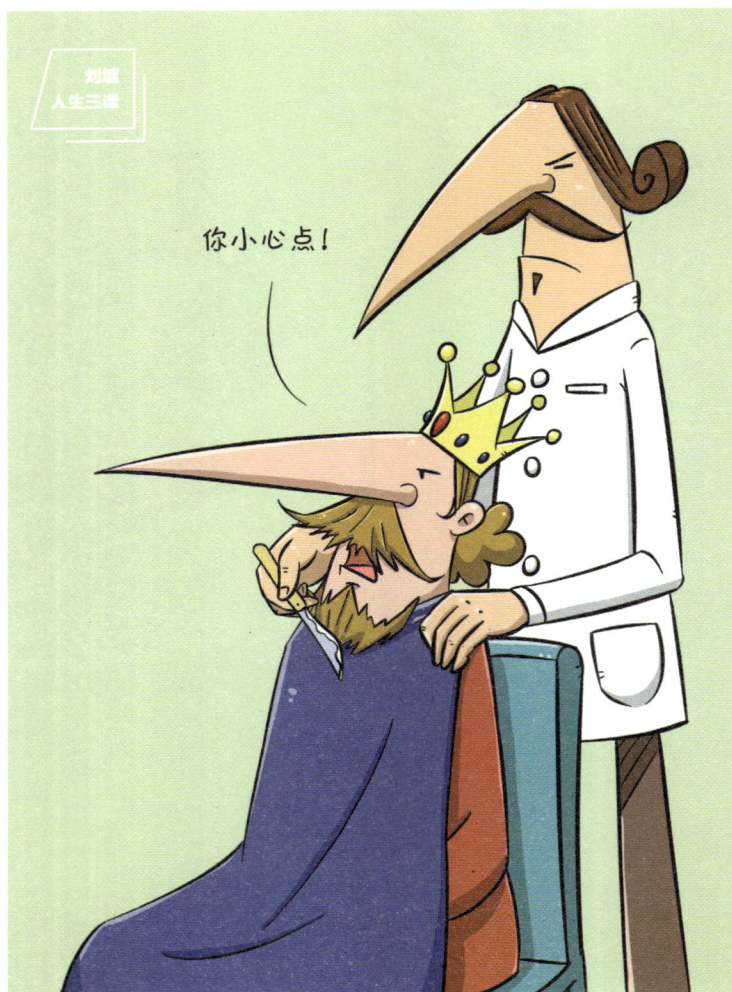

这世界公平吗?

> 你可以化悲愤为力量,但你不能怨恨,因为怨恨只可能使你更偏激,更不理智,甚至造成更大的失败。

今天,你一进门就嘟着嘴说,你参加学校诗社比赛居然没得奖。

接着就见你上楼,在浴室里擦眼泪,一边哭一边说连美国诗人刊物都收录你的作品,学校里的比赛却没得奖。还说英文老师讲你写得很好,同学也说棒,认为你绝对会得奖,一定是中间出了什么问题。

"会出什么问题呢?"我问。

"说不定诗弄丢了,没到评委的手上。"

"你把诗交给谁了呢?"我又问。

"交给了英文老师。"你说,可是又讲你已经问过英文老师,老师说早就送进去了。

"那你要不要去查，去一关一关问，或是问问评委老师有没有见到你的诗？"我说。却见你一跺脚，不高兴地讲："问有什么用？比赛已经结束了，课都结束了，我都毕业了，就算诗真的丢掉了，找回来，也晚了。"

孩子，这下我就要说你了。当你觉得有问题、不高兴，或者不服气，你只有三条路可以走——一个是去追查，看有没有失误；一个是不在乎，认为查也没用，犯不着浪费时间；一个是好好检讨，是不是自己有弱点却不自知。

你既不高兴，又不愿意去查，还不检讨，自己在这儿生闷气有什么意义呢？这不是积极的人生态度啊！

而且，你说比赛结束了，查也没用。这话显得你太利己，有些自私。你怎不想想，如果查出来是有人遗失了文件或比赛的办法不好，甚至要那该负责的人认了错、道了歉，不是可以使主办人员警惕，让以后参加比赛的人不再吃亏吗？

这就好比前些时学校刊物上有涉及歧视的文章发表，为什么有的家长要那么气愤，甚至把新闻登上了报纸。他们不是也可以说文章已经发表，争也没用吗？

他们争，是为了让老师和学生警惕，以后不要再随便刊登有种族偏见的文字，使以后的少数族裔子弟能不吃亏啊！

还有，你不断地说不公平、不公平，比你差的作品都得奖了，你却没列名。我对你说的"不公平"也有意见，如果是别人把你的作品搞丢了，那不能算是不公平，那只是"错误"；只有当你参加比赛，别人故意贬抑你的作品时，那才叫不公平。

而且，我要问你，这世界上真是样样都公平吗？

为什么有些人漂亮，有些人丑，有些人高，有些人矮，有些人能一目十行，有些人又十目都看不了一行，有些人家财万贯，有些人寅吃卯粮，有些人生在贫穷战乱的地区，有些人生在富裕安定的国家？

这世界本来就不公平啊！

说件事给你听，我在台北时有个小女生来对我哭，说她毕业应该可以得到市长奖，但是因为每个学校有一定的名额，其中一个给了家长会会长的孩子，另一个给了有脑瘤的小孩，结果把她挤了下来。颁奖时，她在乐队里演奏，看着成绩不如她的同学领了奖，眼泪直往肚里吞，她觉得太不公平了。

我一边听，一边眼泪也要掉下来。但是我听完之后，对她说：

"你要想想那个得脑瘤的孩子多可怜！他得那么重的病，动了那么多次手术，还能有不错的成绩，真是不简单。就成绩而论，他比你差却列在你前面，确实不公平。但是从另一个角度想，一个才十二岁的孩子就长了脑瘤，上天不是也不公平吗？你怎不想想自己幸运的地方而感恩呢？"

孩子，你愈大，愈会发现这世界上有许多不公平。对那些不公平，你或是强力去抗争，如同美国黑人争民权一样，用上百年去争取；再不然你就要把那愤怒化成力量，在未来有更杰出的成就，以那成功作为"实力的证明"，也用那成功对你的敌人做出反击。

但是记住：

你可以化悲愤为力量，但你不能怨恨，因为怨恨只可能使你更偏激，更不理智，甚至造成更大的失败。

刘墉寄语

//

谈公平

在社会上诚然有许多不公平的事，打破的方法，是加倍地努力，以求出头，使自己有能力创造一个未来公平的社会。如果只知自怨自艾，恐怕原本短期的时运不济，终要成为长期的命运多舛了。

谁是真天才

> 天才不怕打击，也不怕别人恶意批评，他只是认
> 清自己的目标，以鸭子划水的方式，按部就班地
> 前进。

今天下午我给你上中文课的时候，你提到某某人是天才，又说你不是天才。

"什么是天才？"当时我问你。

你支吾了半天，答不上来。

"那么爸爸算不算天才？"我又问你。

你点了点头，说大家都说爸爸是天才。

问题是，我有什么特殊呢？我说："爸爸的记忆力，有的地方奇好，有些地方又奇坏。会背书，可是不会记人名，又不会记英文单词，从小功课不好。爸爸什么地方称得上天才呢？"

天才是一个非常抽象的名词，你很难说怎样的是天才，倒是能从许多事情上看出来，天才跟一般人有些不一样。

举个例子，大发明家爱迪生，人人都说他是天才，他也确实是改变人类命运的天才，可是他小时候却被认为是弱智，因为他连最简单的东西都搞不懂。

发现地心引力的牛顿是天才，可是当他坐在苹果树下，看到苹果落地，就想苹果为什么会往地上掉，却不往天上飞，在当时也被认为是愚笨。

于是我们发现，天才常常是钻牛角尖、怀疑别人所不会怀疑的东西的人。他对什么都好奇，不但希望知道"是什么"，而且总希望了解"为什么"。

天才也不一定都是"早慧"的。

不信你统计一下，那许多十二三岁就大学毕业，甚至十五六岁就拿博士的天才，后来又如何？在茫茫人海中，他们只是逐渐被淹没。好比我早春就在屋里培育的向日葵，虽然外面还在下雪，它们早已萌发。但是当我天暖时把它们移出去，又在旁边播了几颗新的向日葵种子。隔不久，那些后种的不但快快蹿高，而且比温室里培育的更粗壮。

即使像莫扎特这样小小年岁就成名的天才，据研究，他真正完美的作品也是在二十岁以后才产生，又因为早期透支太多而早早死去。

你说在那些大人吹捧下，早早就是小天才，有什么好处？只怕早期的虚名反而影响了他们后来的进步啊！

最近，一个艺术系的学生也跟我提到天才这件事。他说，以前在班上，他总觉得别人是天才，因为他几个小时都画不好的东西，有些人一下子就能掌握。

他为此懊恼了好一阵子，后来想：我不是天才没关系，我勤能补拙，如果用鸭子划水的本事，默默地努力，说不定将来也能成功。

他现在成功了，成就远远超过同班的那些天才。最近他还对我说了一件很有意思的事——

有一天，他参加艺术系的同学会，大家都四十多岁了，各自谈儿子、谈女儿，谈怎么赚钱，甚至谈怎么为学校制作班级前面挂的牌子，可以得到不少回扣。

但是当他说他前一天下午去植物园写生的时候，那些"天才"都瞪大眼睛看他："什么？你还去写生，昨天多热啊！"

"那些天才都停笔了，都不再对艺术有热情，全班到现在只有我和另一个女生还在努力创作。"他得意地说，"所以我居然可以讲，如果说班上有天才，我和那女生才是淘汰又淘汰之后，剩下的天才。"

他的这段话讲得真是太对了！天才是在别人都放弃的时候他不放弃，天才是锲而不舍的努力、坚持到底的热情。天才不怕打击，也不怕别人恶意批评，他只是认清自己的目标，以鸭子划水的方式，按部就班地前进。

对！按部就班地前进。

你不是总看我在隆冬的时候点燃壁炉吗？

我再急都得忍着，先把报纸撕开，揉成一团一团放在最底下，再摆上小树枝，而后堆上较粗的枝子，最后才搁上大大的木块。

我常一边点火一边想，那些没耐心的人，可能草草堆上许多干枝子，就放上大木块。刚点燃的时候，火势大极了，怎么看都是一炉好火，可是干枝子很快地烧完，大木块还没能被烧透，那火就跟着熄灭了。只有按部就班、不急功近利的人才能成功。

天才就是这样，一步一个脚印，认清目标，坚持到底。

　　孩子，我不知道你是不是天才，因为天才在眼前看不到，如同一炉真正的好火在初燃时见不到；只有到了后半夜，当别人的炉火都已烧尽、别人的热情早已冷却的时候，才知道那仍然不断散发热力、温暖人间的是一炉成功的火。

　　我曾在远方等着，看看你们这批小天才以及不认为自己是天才却肯努力的人，谁会先放弃，谁又会坚持到底，终于攀上人生的巅峰。

不谈天才

我觉得"天才"这个词是最害人的了，因为成功者可以拿它来做招牌，说自己的成功是由于了不起的天才；失败者又能拿它做挡箭牌，把自己的失败归咎于没有天才。于是成功者就被神化了，仿佛他们出生时，就已经带了"五色笔"，不必努力也能成功；失败者就以没有天才而自我安慰了，似乎自己什么地方都没错，错的是父母未能将自己生成一个天才。

其实天才是什么？天才只是一个虚幻的名词罢了！如果硬要为天才做个注解，我想那应该是"自行激发的能力、追求最高理想的欲望和锲而不舍的努力"。

　　最后，我希望大家少用"天才"这个词。因为没有一位真天才，会说自己是"天才"，也没有一个整日把"天才"挂在嘴边的人，能够成为天才。

做自己的主人

> 独立，第一件事就是要对自己负责，不能再像孩子，什么事都交给父母。

上个礼拜我由亚洲回来，带给你一些读者送的小礼物。

"好漂亮哟！"你看到一个贵州女孩送的剪纸，大声叫着。

"这个也很有意思！他们怎么会想到用压花的方法呢？"你又拿着一个山西女孩送的书签说。

听你这么讲，我好高兴，心想这些读者真是送到你心坎上了。可是一转眼，你上楼了，剪纸和书签全留在茶几上。我想你是忘了拿，没想到，隔天、再隔天，那些东西还留在楼下。提醒了你两次，也不见你行动。

"你不要了吗？"我问你。

"我要！"你说。

可是，东西还留在茶几上。

前天下午，我在阳台种花，顺便到你的浴室洗手，看见你把隐形眼镜盒、牙刷、牙膏和漱口杯放得整整齐齐。可是突然觉得脚底下踩到什么东西，低头看，原来是你的内裤。

"你为什么内裤都不收好呢？"你放学，我问你。

"因为要洗了。"

"要洗了，为什么不放到洗衣篮里呢？"

"我没有洗衣篮，而且妈妈会收的。"你理直气壮地说。

今天下午，我正写文章，电话响，来电显示是王妈妈，我想你一定会接，因为你知道王妈妈正为你约一个伴奏碰面。

可是电话一直响，你都没接，最后我只好接起来，文思却因此被打断，好久才能恢复。

"你为什么不接电话呢？"我写完文章，出来问你。

"我以为你会接。"你居然不以为然地说，"而且你不接也会上答录机，妈妈自然会听。"好像很有道理的样子。

孩子，现在我不能不说你了。

你知道美国法律为什么规定十三岁以上的小孩可以独自在家，甚至可以出去做 baby-sitter（临时保姆）吗？

那表示，十三岁以上的孩子不但可以照顾自己、照顾家，甚至可以照顾别人。

你已经十四岁，早应该学会独立了。

独立，第一件事就是要对自己负责，不能再像孩子，什么事都交给父母。

你有你自己的房间、自己的书桌，既然那些书签和剪纸是送给你的，你又已经收下，就应该拿到你的房间去，从此成为那些东西的主人；就算家里只有你一个孩子，也不能把每个角落都看成是你的地盘，或等着我们把东西放到你的桌上。

独立也表示你长大了，有了私生活，不能像小娃娃一样乱丢内衣，或光着身子乱跑。早上起来，你要知道梳好头再出房间，就算假日，也不适合到下午还穿着睡衣。

你甚至应该学会在洗澡的时候自己洗内裤，那是女孩子贴身的衣物，要特别干净、特别隐私。所以，不但中国人避免把内裤挂在外面，连西方社会也视此为禁忌。

你想想，如果有一天，家里来了客人，进楼上浴室，发现你的内裤扔在地上，人家会怎么想？

人家可能说我们把你惯坏了，也可能说你缺乏教养。

我甚至要跟你讲，你把牙刷牙膏排列在洗手台上，固然很整齐，但也不全对。

为什么？

因为那是属于大家的地方，虽然百分之九十的时间由你一人使用，你也要考虑剩下的百分之十。如果台子全被你占了，别人还用什么呢？今天下午，要不是我小小心心，能不弄倒你立着的电动牙刷吗？

如果我不小心，碰倒了，又不巧，滚进了马桶，怎么办？

最后，我要说，独立是你要独自面对问题。

外面有人按铃，你不能只会喊爸爸妈妈去开门，而要自己去应对；电话推销来了，你不能把话筒丢给父母，而应该自己去应付；下起倾盆大雨，你发现阳台积水了，父母又不在家，你得冒雨出去，把堆在排水口的朽叶抓起来扔掉；有人打电话来，你得小心记下对方的名字、电话，如果对方要你转告事情，你得立刻写下来，而且在我们一进门的时候就说。

孩子！听我数落你这么多，你非但不必不高兴，还应该高兴呢！因为那表示你真的长大了，不再是躺在我肚皮上睡觉的小猫和坐在我腿上"骑大马"的小女孩。

你已经成为我们家的小小女主人，只要爸爸妈妈不在，你就成为独当一面的户主了。你要帮公公婆婆翻译、叫出租车、接电话，甚至监督园丁剪草修树。

你的眼睛会愈来愈亮，既有女孩子的温柔，又有女主人的威仪。

你说，你不是应该很得意吗？

谈做主

孩子，当你到了自己能对自己负责的年龄，你就应该独立，自己做主了。因为你不是你的父母，更不是你父母的影子，你的父母不能为你做主一辈子！

做主是多棒的事！

做主是不必凡事去请示，做主是能按照自己想做的方式去做，做主是拥有支配的权利，做主是不必再听别人使唤！但记住：做主也是对自己的行为负完全的责任，甚至对别人负责！因为个人的行为会影响别人，当然自己做主，也就要考虑对别人的影响。所以，做主也不是那么轻松的。

打赢每天的第一仗

> 当你想到死亡，想到那些昏迷的人，就会发现，这
> 世上竟没有什么能比醒过来这件事，更来得可喜！

　　由于昨天睡得太少，你今天吃完晚饭，说要先去躺一
下，再准备后天的考试。可是当我晚上九点叫你起床的时
候，你却用被子蒙着头说：

　　"干脆睡到明天早上再起来念书，反正明天放温书假！"

　　你祖母也觉得有理，在一旁附和，可是当我问你明天早
上打算几点起床时，你答：

　　"六点！"

　　"那么你算算，一共睡了多少小时？那是十一个小时
啊！后天要考三科，你能这样大睡吗？此外，你明天打算几
点钟上床？如果照惯例拖到深夜两点，那是二十个小时，你
可能连续读二十个小时的书，仍维持高效率？戴隐形眼镜的

眼睛又受得了吗?"

你蒙着被子想了想,跳起来。

是什么改变了你的初衷?是清醒之后的分析、判断!

当你睡得迷迷糊糊的时候,不可能有明确的判断。甚至你会发现,在早上起不来时,原先有的斗志都会消失,你很可能对自己说:"哎呀!这个计划太麻烦,何必呢?算了!改天再说吧!"

许多不错的计划,都是这样放弃的!许多可以改变一生的机遇,就这样被错过!

最近我看了一篇医学报道,说那些患忧郁症的人,睡大觉之后,常会变得更严重。相反,当他们睡得少,病情则往往减轻。

报道中没有分析原因,但我相信那些人患忧郁症,最大的原因,是不敢面对现实。而睡大觉,使他们离现实更远。

中国北方有句俗语:"好吃不过饺子,舒服不过倒着!"意思是好吃的东西,没有超过饺子的;舒服的事,没有比得上睡大觉的。睡梦提供给我们另外一个世界,一个在现实无法满足,在那里却能达成的世界,所以做梦有缓解精神紧张的作用。

问题是，当我们在梦中神游太虚时，身体还在这个世界，太虚毕竟不是现实。也就因此，当我们由美梦中醒来，发现"事与梦违"是最痛苦的，有时竟如同以酒浇愁，酒醒后的头痛一般。

记得我翻译过的那本《死后的世界》(*Life after Life*)，原作者雷蒙德·穆迪（Raymond A. Moody）在序言中说过这么一段话：

> 其实死亡与睡觉有什么不同？都是对这个世界失去了感觉！唯一的不同，是睡觉还有醒来的时候，这醒来是多么可爱！

每次当我从无限美好的梦境回到艰困的现实世界，而万分痛苦时，都会用这段话来安慰自己。

你母亲一位同事的儿媳妇，在车祸后陷入昏迷，而被送进波士顿的一所昏迷人中心（Coma Center）。她的丈夫甚至辞了工作，带着两岁的幼女，住在医院旁边，每天领着孩子到床前唤妻子、喊妈妈。他们祈求的是什么？

是奇迹！

什么奇迹？

醒过来！

当你想到死亡，想到那些昏迷的人，就会发现，这世上竟没有什么能比醒过来这件事，更来得可喜！

醒，并不那么单纯，这也就是为什么有"清醒"这个词。醒而不清，或醒而不起，甚至再沉入梦中，常是使我们判断失误，或错过时间的最大原因。

我从半夜醒来，为你妹妹用微波炉热牛奶的经验中发现，半清醒和清醒对时间的判断，居然也有极大的差异。

白天我为她热牛奶时，总是跟着微波炉上的数字，暗暗在心里计算，久而久之，竟然不看数字，也能算得差不多。也就是默念三十秒时，微波炉也正好跳到三十秒。

但是当我半夜被你妹妹哭醒，睡意模糊地为她热牛奶时，却发现微波炉上的时间跳得奇快，我才算到十八秒，微波炉已经响了起来。

是微波炉快了吗？不！是我慢了！

慢的人，在感觉上会认为这个世界变得很快。

慢的人，他的时间变得比别人的少。

同样的时间，对一个人，在感觉上居然能有不同的速度，更何况对不同人了。我惊悚地体悟出这个道理！也由此了解为什么想贪睡一下的人，往往发现那"一下"竟使他"大大地"延误。

这世上居然真有许多设有贪睡装置的闹钟，当它响起时，你只要按一下"贪睡钮"，它就延后十分钟再闹，届时如果再按，它又会延后十分钟。

我反对这种闹钟，因为它使我们对睡前的决定讨价还价。如果睡前认定六点起床，为什么要拖到六点二十；如果可以拖到六点二十，睡前又何必定在六点？人不能对自己妥协。想想，对自己几个小时之前的决定尚且妥协的人，还可能对长远的理想坚持到底吗？

从以上提到的许多经验，使我每天对起床这件事，都有了一种战斗的态度。我极力坚持自己起床的时间，并在中途醒来时，尽量保持清醒，因为启动不快的车子，不可能在赛车场上有杰出的表现。而每当我实在累得起不来时，都对自己狠狠地说："一天开始的第一仗就输了，怎么得了！"

　　我有一个朋友，先在新闻单位做到高级主管，莫名其妙地被排挤之后，改行做保险经纪，很快便成为百万经纪人；不久之后，又去办杂志，没几个月，就打出一片令人刮目的天下。

　　记得当他黯然离开新闻单位时，一个朋友说："别操心！他是遇到打击，先闷不吭声，躲在角落睡觉的人。但是只要睡醒，就精神抖擞，仿佛换了个人，开始生龙活虎地面对下一个挑战！"

　　没有人会说"白天的战斗，是为晚上睡觉"，却可以讲"晚上睡觉，是为白天的战斗"！

　　睡觉，是为醒来之后，走更远的路！

刘轩的话

//

两个人的斗争

每个人都知道，清晨多么美好，别因为睡眠浪费了。但在惺忪之际，硬逼自己起床实在是难上加难。我们得认清：半夜两点上床时发誓早上六点一定要起床，与隔天闹钟响时立刻把它按掉的人，是两个不一样的人！这不是意志力的问题，而是设定实际目标的问题。如果要早点起，就得早点睡。

我老爸曾经提到，他可不可以给乔安娜三块钱，每天叫我起床。我说不如把三块钱给我，由我每天约乔安娜吃早餐，想到跟她吃早餐，我自己就会起来了！

建立独特风格

> 名歌星唱得不如和音天使?
> 名书法家的作品可能被学校老师评为乙下?
> 大师的绘画可能被一般的美展退件?

"对门的马瑞诺,不过十七岁,但是他组成的合唱团,已经出了唱片,而且由全美国最著名的公司发行呢!"你在晚餐桌上艳羡又似乎不平地说,"其实马瑞诺的那一套,我比他强得多,他弹琴的技巧差远了!只是按按电子琴键而已。至于作曲,我也早就会……"

好!现在让我说个故事给你听,我今年夏天在中国台湾,有一天看歌唱综艺节目,主持人突发奇想,叫一位以声音高亢著称的名歌星,跟后面的和音者较量一下谁唱的声音高,结果起初几个音还难分高下,后来在不断提升起音的情况下,和音的女孩都毫无困难地通过了,名歌星却应付得愈来愈艰苦，结果声嘶力竭地败下阵来。

当时好几位一同看电视的朋友都说："真逊！名歌星还不如和音天使，只怕改天要让贤了！"

问题是，那位名歌星还是继续走红，且唱出许多叫好叫座儿的歌；而那位和音者，还总是站在台侧，偶尔被给到几个镜头而已。

我相信，和音的那个女孩子，不仅长得不差，声音又唱得高，她读谱的能力和对乐理的了解，大概也都在名歌星之上，但是为什么出头的却是看来较弱的那一位呢？

答案是：那位名歌星，有她独特的风格。而独特的风格，往往并不是由许多十全十美的东西所集合的。甚至可以说，有些独特的风格，从某个角度来看，反而是一种缺陷。譬如伊秉绶和金农的字，如果拿到中学交书法作业，只怕要得乙下；马蒂斯和塞尚如果参加早期学院派的美展，恐怕也会被踢出来；连那李恕权，我都怀疑他若参加合唱团，会不会因为嗓子太哑，而挤不进去。

可是，这些人都成名了！

这又使我想起美国一位著名的模特，她是被一个毫不特殊的男人，从乡下提携出来的，真可以说是飞上枝头，成为数百万年薪的凤凰。当有人问那个提携她的男人，如何"慧眼识英雄"时，他回答道："虽然她并不极漂亮，但是当我带她走进拥挤喧闹的场合时，发现人们都看她，于是知道她有一种特殊的吸引人的地方。"

　　这特殊的吸引力，就是每一位成功艺人的要件。所以当你比较自己与马瑞诺时，不能只拿单项的条件来比，而应该注意他整体的特质，进而建立属于你自己的风格。

　　此外，我们真该为马瑞诺高兴，过去我总觉得这个孩子有顽劣的倾向，所以限制你与他交往。但是最近发现他变得很有礼貌，这是因为人们越获得别人尊重，越懂得尊重自己。所以我们应该祝福这位曾令我们头痛的邻居，且分享他的光荣。

刘轩的话

//

风格无法替代的事

这故事的背后，其实有一个说出来仍觉得丢脸的内幕。

当时我其实是被朋友骗了。那天正好是愚人节，马瑞诺找到一卷卡带，发现他自己与封面上的团员长得非常像，三四个朋友便联合起来糊弄我说他发唱片了，而我也因此被他们骗得团团转！

不知道现在的马瑞诺在做什么，反倒是我自己走上了音乐这条路。

这个故事让我想起周杰伦刚出道时，有制作人挑剔他咬字不清楚；王力宏刚发片时，也有唱片公司的老板跟他妈妈说，想在华语歌坛发展，唱腔不能带有这么浓的 R&B（节奏蓝调）味。但结果他们建立起自己的风格，成功了！

现今的世界丰富多元，你有太多机会表现自己，但风格终究不能替代真功夫。毕加索创造了很现代的画风，可是看他早期的作品，便知道他也是按部就班一步步走出来的。

成功的艺术家往往都是打了多年的硬底子，把传统技巧琢磨得炉火纯青后，才开创出个人风格。相反，很多人自以为拥有独特风格，但如果没有"底子"，往往会像没有结实地基的建筑，就算盖得高，也维持不了多久就会垮。

一开始，就不让它错

> 在这一切讲求效率的时代，不先计划，就匆匆动手
> 的人，未行动之前，已经注定了失败！

今天下午我请你帮忙包画册，你居然把沉重的书由地下室抬到二楼，再打开空调和电视，一边看热门音乐节目，一边蹲在地上包书。

当我很不高兴地指责你，为什么把书运上楼，又采取那么吃力不讨好的姿势包书时，你态度欠佳地说：

"你怎么不想想，我在包过几十本之后，自然会发展出比较好的方法？而且我不在乎上下搬，我有体力！"

对于你贪图空调和电视节目这一点，我不打算多说，却要严正地告诉你：做事之前不计划，便匆匆下手，心想可以从错误中摸索的态度，在三十年前或许可行，用到今天却

错了！

你或要说："从错中学有什么不对？"

那么我要问，为什么不一开始就做对呢？

当一群人竞争的时候，哪种人能获胜？当然是"错得少的人"！这就好比开车，在不赶时间的情况下，你可以说："慢慢找嘛！错了再掉头，总会碰上的！"但为什么不想想，如果能先看好地图，画出路线，你就不必慢慢找，也就不必掉头。于是省下了时间，可以做些其他的事！

时间！这正是问题的重心。三十年前车子少，你可以掉头，今天处处是单行道，只怕你错过一个出口，就要用很长的时间，才能找回去。而且车子多，你漫无头绪，容易出车祸。你没看见连出租车里都贴着条子，不接受"原地回转"吗？结果这"慢慢找"是既误时又不安全的。

如此说来，为什么要匆匆行动呢？

你今天就犯了这毛病！

在这一切讲求效率的时代，不先计划，就匆匆动手的人，未行动之前，已经注定了失败！不了解敌情，就匆匆出兵的人，在未开枪之前，已经注定了战败，而那战败，很可能便是死亡。

记住！今天这个时代与三十多年前完全不同了！农业时代靠口传心授的知识和勤奋练习得到的技术。但是现在科技通信发达，你就算完全没有知识，也可以获得足够的资讯；即便毫无技术，也有适当的机械供你使用。所以人们可以在完全不摸索的情况下，就找到捷径，获得成功。

换句话说，那等着由错误中摸索的人，则必然要遭到落后和失败的命运！

请不要说你现在还小，所以要跟着大人慢慢学。因为十八岁已经不小，今天这世界上许多年轻人，二十岁不到便崭露头角，丝毫不让成人专美于前。他们有风格、有魄力、有经验！哪里得来的经验？

书本上！电脑中！自己的分析实证！

现在的科技能用电脑模拟核试验，能在室内制造浪潮和强风，能在模拟飞行器里训练飞行员，能在电脑上演奏交响乐！

那些年轻人正因为知道使用科学辅助，加上没有过去工作的包袱，敢于驰骋自己的想象力，所以能有惊人的成就！

"英雄出少年。"这句话说了千百年，今天却比过去任何时候都正确！我们甚至可以说：少年不成英雄，后面的路将更难走！如同一大群人赛跑，如果你不能一开始就冲到前面，只怕因为前面挤满了人，即使你跑得快，也无法发挥！

现在回到本题！你知道我们台北办公室的一个工人，一天能包多少本这样的书吗？

四百本！而你呢？七本书竟包了半个小时！

为什么有这样大的差异？

因为他们运用桌面和墙壁顶着纸盒，不让它滑动，再准确地贴上胶条。在工作之前，先研究了方法，所以能有最高的效率！

"从错误中摸索"，这句话已经过时！今天我们要说：

"用思想！用方法！用工具！从一开始，就不让它错！"

刘轩的话

晏平时代的包书工

老爸很爱举战争的例子，但我想强调——我们正生活在和平的时代，打仗才是不正常的状态。也许战争例子凸显了生死之间的严重性，但那毕竟是非常时期。

我同意老爸的观点，做事应该讲究正确的方法。但许多年之后，他竟然让我妹妹一边看格莱美音乐奖颁奖，一边做功课，并在书里倡导这是孩子的自由。所以我要抗议了：为什么我包书，就不能看电视？老爸又没急着要去邮局寄书，我用自己的时间一边工作、一边娱乐，没什么不好啊！

小心吃口水，记住！

为你每天系腰带、挂宝剑的人，也是最能从身后给你一剑的人！

为你刮胡子的人，也是把刀片放在你咽喉要害的人！

今天坐出租车，由于司机疏忽，转错了出口，使我们足足晚了三十分钟到家。

下车时司机直道歉，我说："没关系。"你却怨我："叫他左转，他偏右转，这种人不值得尊重！"

现在听我说个真实故事。

有一次我去军营找位小学同学，他的职位很低，倒茶、送水、跑腿，仅仅在我找他的半个小时中，就被呼来唤去好几次。

临别，他对我笑笑说："别看我被欺侮，其实没关系，我早报复回来了。有一次一位坏排长的女朋友来，他对我颐指气使地耍派头，叫我冲咖啡、倒茶。岂知道，我在里面吐了多少口水！"

从这件事，我发现愈是对职位低的人，愈要客气，而且你的地位愈高、名气愈大，愈要尊重地位低的人。

孔子有句名言——"唯女子与小人难养也，近之则不孙，远之则怨。"许多人把这话想成一般的女性及道德卑下的小人，实际上是指家中的婢女和仆人，也就是说与用人最难处。你太亲近，他们会变得没分寸；如果太疏远，他们又要发出怨言。

虽然这句话是说在有阶级理念的时代，但是其中有个千古不变的道理，就是身份愈低的人，愈因为自卑而容易敏感，连你私下无心说的一句话，都可能触及他们的痛处，更不用讲当众的奚落了！

"不当着人面责备"，应该是与下属相处的第一原则。

记得我有一次跟朋友去吃饭，当鱼送上来的时候，大家一尝，就觉得不对。这时其中一位对众人使了个别动声色的眼色，接着请出餐馆大师傅，很客气地说："您的手艺真没话讲！每道菜都好！"又附耳道："这条鱼您是不是可以端进去再加点辣子，顺便尝尝！"

过了不久，餐馆师傅高高兴兴地把鱼又端了出来，且等在桌边问："各位客官尝尝现在如何？"

心照不宣，那鱼已换了一条。

这就是婉转说话的例子。正如那位朋友事后所讲：

"如果我们当众喊'老板！你的鱼不新鲜'，为了面子，只怕他要坚持新鲜到底。何必呢？彼此都受到伤害。而且就算争赢了，只怕下道菜，他也会做得不痛快。"

我们今天坐车的情况，不也差不多吗？他转错了弯，经我客气地说："恐怕这个方向不太对！"他便绕路回来，而且没有超收车费，甚至道了歉，我们何不好聚好散？还需要临走再抱怨几句，落得彼此不痛快吗？

在你人生的旅途上，会接触不少职位低的人，你爬得愈高，这种人愈多。而你的高，正由于这些职位低的人的帮助，他们最能捧你，也最能损你。你对他们一分坏，在他们心中可能要扩大为十分；一分好，在他们口里也可能被夸大为十分。他们会得意而兴奋地说：

"没想到某人那么大的名气、那么高的地位，居然对我这么客气!"

于是你的美名愈传得远了,而且是由最下层传播,人们会想:"他对下人尚且这么好,可见是真的亲和!"

而在你最危急的时候,真正能帮助你脱身的,更可能是这些人。

记住!

为你每天系腰带、挂宝剑的人,也是最能从身后给你一剑的人!

为你刮胡子的人,也是把刀片放在你咽喉要害的人!

刘轩的话

//

平等地看待

我很尊重基层工作者，今天如果没有收垃圾的、清下水道的、修马路的，我们的生活会变得如何呢？若要做些补充，只能说，我老爸提到我们更要尊重职位低的人；我则认为，根本不该视他们为职位低的人。唯有持这样的态度，才是真正尊重他们以及他们的工作。

进路与退路

对已知的环境，做进一步想；对未知的环境，做退一步想。在人生的旅途上，前进固然可喜，后退也未尝可悲。

你说想去征服高山，但当我问你登山者该带些什么东西时，你却答不上来。

现在让我告诉你吧！如果是攀登路径不熟的高山，即使原定一日往返，除了必备的指南针，你的行囊中也应该包括一把小刀、一条绳索、一盒用塑胶袋包好的火柴、一点盐巴、一块折起来不大的透明塑胶布或雨衣和一只哨子。

这些东西多半不是为你的进路准备，而是为你的退路着想。不论登山的旅途，还是人生的旅途，"有退路"都是"寻进路"的必要条件。

于是那把小刀，在前进时可以帮助你切割猎物、削竹为箭、砍木为叉；在你被毒蛇咬伤时，更可以用来将伤口切开，以吸出毒血。

那条绳索，可以在前进时帮助攀爬；在山友遇险时，用来营救；在编织担架时，用来捆绑。

那盒火柴，在你前进时，可以用来烹食；在你遇难时，可以让你点起营火——熬过高山上寒冷的夜晚，并作为求救的信号。

那块透明的塑胶布或雨衣，在你前进时，可以用来防雨；当你困阻在深山时，可以使你减少地面或环境中潮冷的侵袭，甚至在缺水时，用来收集地面蒸发的水汽，使你免于干渴。

那块盐巴，可以在你前进时用来烹调鲜美的食物；在你受困时，用来消毒和补充体力，甚至帮助你吞下平时绝对难以接受的野生食物。

至于那只哨子，在你前进时，固然可以用来招呼队友，作为集合的信号；在你落难而饥寒交迫，喊不出声音时，更可能因为有这只哨子，隔几分钟吹一下，使搜救的人员找到你。

如此说来，哪一样东西可以少呢？它们占的空间不大，却是你行前不能疏忽，落难时可能保命的。

　　我过去曾多次对你说：旅游时，如果是旧地重游，不妨在既有的大道之外，再去寻访一些小路，发掘新的风景。相反，如果是到陌生的地方，则应该记住来时的道路，以便遇到困阻时能够脱身。

　　对已知的环境，做进一步想；对未知的环境，做退一步想。在人生的旅途上，前进固然可喜，后退也未尝可悲，最重要的是——

　　在前进时要知道自制，免得只能进而不能退；后退时则要知道自保，使得退却重整之后，能够再向前行！

刘轩的话

深谋远虑

会想到退路，常是因为吃过苦头而得到教训。我老爸这些问题如果拿去问童子军，必定能得到不错的答案，但是拿来问我这个从未登过山的小孩，就完了。

我老爸是那种会预先做好各种准备的人。多年来，他可以持续创作，同时经营出版公司，都是由于他思虑缜密、谋划完备。又如旅行，如能在行前做功课，例如对旅馆环境、交通状况、餐馆推荐等细节都有大致的概念，玩起来会更尽兴而充实。也往往唯有在做好准备时，才有条件进一步探险。

在风雨中成长

> 在我们的生命中，不总是风和日丽的。但是有些人在凄风苦雨里，却能咀嚼出另外一种美，也只有这种人最经得起打击，也才称得上懂得人生的情趣。

我知道你今天有些失望，因为经过长久计划的环河之游，却遇上难得一见的风雨，虽然我们由甲板移入船篷内，还是被斜斜飘入的雨水淋湿了。

或许你会想，如果不为等妈妈有空，而在上礼拜风和日丽，学校未开课时去该多好；或许你会想，何不下个月，等我有空时，再挑个日子前往。

但你要想想，什么是一家人，什么叫family ties（家庭关系）。上礼拜如果在没有你母亲同行的情况下，我们去游河，当你看到美丽的景色时，会不会想，如果妈妈也能看到该多好？

而如果我们延到下个月，纽约的天气转入寒冷的暮秋。在你观赏自由女神海湾的景色时，会不会担心，海上来的寒风，会使八十岁的祖母受凉？

如此说来，我宁愿一家人，在今天的风雨中同行。

况且，风雨中的景色也很美。当密雨像轻纱般在河面上牵过，远远的帝国大厦尖端隐入浓云，岂不是比晴朗的日子，更有味道吗？

当自由女神生着铜绿的身躯，被雨水淋透，在后面灰暗天空的衬托下，不是更来得明艳吗？

还有当我们穿过哥伦比亚大学的北方，看到哈得孙河时，近处岸边树木盎然的翠绿，与远方凄迷的河谷相比，不是更来得悠远，而令人有一种怆然的情怀吗？

而当我们坐的大游船经过小船时，特别放慢速度，使水波不至于过度激荡，每一艘帆船，都降下一半船帆，使自己不会因为强风而樯倾楫折的做法，不都给我们最好的教育吗？

你要知道，在我们的生命中，不总是风和日丽的。但是有些人在凄风苦雨里，却能咀嚼出另外一种美，也只有这种人最经得起打击，也才称得上懂得人生的情趣。

记得我在你这个年岁，曾经看过一部叫《日瓦戈医生》的电影。其中最令我难忘的，是当日瓦戈医生的家被充公，只身逃往西伯利亚的途中，车内拥挤嘈杂，日瓦戈却拉开小车窗，静静欣赏外面乌拉山的雪景。

我初到美国的时候，正逢冬天，有一次站在露天等车，突然下起大雪，我便学日瓦戈医生苦中作乐，静静欣赏附近枯树在雪中的变化，还有小鸟们如何不断抖动翅膀、扑落雪花的样子。而当车子在四十分钟之后，从密雪中缓缓驶近时，我才发现自己竟已陷入半尺深的雪中。

所以，我爱今天这样的风雨，也希望你爱它，因为我们都要经历雨雪风霜，才能长大。

刘轩的话

//

亲情最可贵

最近我们全家去迪士尼乐园度假。我妹妹很早便开始规划行程，结果出发当天，我们居然误掉了班机，打乱了既定的计划。妹妹一开始很不高兴，让我想起当年的我。

人生不如意的事，原本十之八九。现在的我，很诧异自己高中时还闹这种别扭。但我也真的愈来愈重视家庭生活。从独自搬到离家四小时车程的波士顿，到现在长住台湾，一年只回去一两次，这促使我更加珍惜与家人相聚的时间。在迪士尼，老爸感慨地说这样的家庭旅行实在难得，不如以后每年固定一次到不同的地方游玩。我举双手赞成！

PART 04

靠自己去成功

成功要自己去成功，如同成长要自己去成长。

每个人都有他的特质、他的优点，
以及他走出去自己闯天下、
自己去受苦的本能。

我来帮你吧？

"要成功，先得上台面！台面都上不了，怎么成功？"

而这台面岂是容易上的？

常是要忍辱、负重、贴钱、蚀本、吃亏，

且偷偷吞下眼泪，才能上去的！

孩子，这世界是充满竞争的。
你千万不能因为自己幸运，就把幸运当成习惯，
因为幸运不是总留在我们身边。

英雄出少年

曹植写《登台赋》时不过十九岁。

莫扎特写成著名的《g小调第二十五交响曲》时才十七岁。

披头士在利物浦登台时不过是一群十六七岁的大孩子。

毕加索进入蓝色时期时不过二十岁！

今天中午，我们任饭菜凉在餐桌上，坚持看完了法兰西网球公开赛的电视转播。当最后一局，华裔小将张德培直落三盘，以六比二赢得奖杯的时候，我们都跳了起来，因为张德培不仅代表美国赢回了失去三十四年的法兰西网球公开赛男子单打冠军，更为我们华裔争得一份信心与光荣。

"最近，我们学校里，只要是姓张的，都对洋同学吹牛说：张德培是我的兄弟！"你得意地讲，"现在更了不得，他简直取代阿加西（Andre Agassi）的地位，成为 teenager（青少年）的新偶像了！"

可不是吗！以十七岁的年龄，居然能连续击败排名世界第一的蓝道（Ivan Lendl）和排名第三的艾柏格（Stefan Edberg），使自己的名字永久镌刻在离巴黎铁塔不远的罗兰加洛斯球场的记功石上，怎能不令人惊讶又敬佩呢！

如果说在体操、溜冰和田径项目上，不到二十岁的小伙子打败如云的老将，还不算稀奇的事。因为十几岁的轻盈身躯和爆发力，是赢得那些项目的有利条件。那么对于极需要经验和技巧的网球，由一个十七岁的大孩子夺魁，就难免让专家跌破眼镜了！

在电视转播中，我们可以明显地听出，播报员对他前面连输两局时的负面评语，和发现张德培扭转颓势时，看风使舵的改变。

当张德培最后一局以四比二领先时，他们说："他可能会办到呢！"

当张德培在体力上显然占优势，又以底线左右抽球，使对手疲于奔命时，播报员说："没想到一个男孩子居然能办到！"在旁的评论员则说："Men couldn't, but a boy can!"

"成年男人可能办不到，一个男孩子却能！"

这是一句多么耐人寻味的话啊！但我会告诉你，我早就有这种感想，因为我过去不仅一次又一次地见到杰出青少年有震惊前辈的表现，自己也曾经以十几岁的年龄，击败过二三十岁的老将。所以每当同辈的朋友说"一代不如一代，现今的年轻人，真是不行"的时候，我总会很公平地讲：长江后浪推前浪，绝不能小看那些初生之犊！

当曹植写《登台赋》时不过十九岁；当莫扎特写成著名的《g小调第二十五交响曲》时才十七岁；当披头士一九五八年在利物浦的俱乐部登台时，不过是一群十六七岁的大孩子；当毕加索进入他著名的蓝色时期时，只是个二十岁的小伙子。

是什么力量使他们"英雄出少年"？

是因为他们虽然可能没有过人的功力，却有过人的精力；没有足够的学识，却有惊人的胆识；没有深思熟虑的计划，却有飞扬想象的创意。最重要的是：

他们是无名小卒，没有沉重的心理包袱。

这些都是成年人或成名者所缺少的，也往往是少年制胜的本钱。

而你不就是这个年龄吗？你有体力、有冲力，是在比上
一代更进步的教育方法下教出的学生，在比上一辈更优渥的
环境中成长，在比以前更民主的制度下发挥，你可以自由地
奔驰想象而毫无盛名之累……

问题是，你有没有像张德培一样，将你年轻的火花迸射
出来？

记得我大学时，曾经在校刊上读过一篇同学的文章，文
章的内容已经忘了，却一直记得那个耀眼的题目：《年轻，
真好！》。

请看重你自己，看重你自己的现在，取得超越前辈的成
就！创造足以自豪的自己！

刘轩的话

//

老虎伍兹与帕丽斯

论运动界的英雄，我想老虎伍兹（Tiger Woods）绝对是代表人物，他以黑人身份在白人的高尔夫球界拿下最高荣誉。他在我心中是少年英雄的象征，聪明又有商业头脑，他是全世界收入最高的运动员。

相对地，另一个代表人物是帕丽斯·希尔顿（Paris Hilton），她恶名昭彰，以为有钱就可以恣意妄为，但依旧有许多人视她为偶像。

最后一个问题我想留给大家评判：你要当老虎伍兹还是帕丽斯？

台面都上不了，怎么成功

> "要成功，先得上台面！台面都上不了，怎么成功？"
> 而这台面岂是容易上的？常是要忍辱、负重、贴
> 钱、蚀本、吃亏，且偷偷吞下眼泪，才能上去的！

"台湾有一家杂志社，想请你那担任专业模特的同学乔安娜拍封面照！"才回到纽约，我就告诉你这个好消息。你却手一摊：

"乔安娜已经不干模特了！"

"为什么？"我一惊，"一百八十厘米的身高，又长得漂亮，她很有这方面的条件哪！"

"Frustration（挫折感）！你知道吗，她的经纪人，三天两头叫她去不同的地方面试，不要说十去九不成了，简直一百次去，有九十九次不成！好不容易搞到一个机会去加拿大为服装杂志拍照，偏遇上坏天气，而摄影师需要一片蓝天

的背景，结果钱虽然拿到了，照片却没被采用。"你十分为她抱不平地说，"最火大的是寒假，她接了一档不错的工作，去巴哈马群岛出外景。哪知道，当她兴高采烈飞到迈阿密，转机时才发现巴哈马群岛是外国岛屿，而她没有护照签证。人家不准她入境，只好打道回府，偏偏普通舱又客满，买了头等票回来，她的经纪人却要她自己付回来的机票钱，乔安娜简直破产了，所以她决定不干了！"

"你觉得有道理吗？"我问。

"多少有点道理！挫折感就是道理，一而再，再而三地遭遇挫折！"

那么让我说几个亲身经历给你听吧！

在我大学刚毕业的那年，非常幸运地得到了一个主持三台联播晚会的机会，由于反响很好，某公司就请我去制作并主持一个类似的节目。于是我每天奔忙于节目的联络，并亲自编写脚本，甚至跟着歌星一起录音，临时客串和声。

节目中有个短剧，也由我编写，但是当我千辛万苦找来各种史料，细细考证，将剧本写好时，导播却说不行，由他找人改写。只不过改了小小几段，编剧却换成了别人的名字，更甭提编剧费了。

过了不久，那公司请我担任一场晚会的主持，事后导播拿了主持费的签单给我，说："对不起！由于制作费不够，虽然你签的是这个数字，但我们只能付一半，其余的得拿去补贴别人！"

过了一阵子，他们又找我，说有个益智节目应该改进，并把我介绍给制作人。

那位制作人倒也十分热情，要我立刻参与新节目的策划，并撰写第一集的脚本。岂知脚本送上去，便石沉大海，原来制作人带着新节目的策划案，跳槽了！

于是公司又要我去找另一位制作人……

说到这儿，我请问，如果是你，你还去不去？而前面我所说的这许多遭遇，又算不算是 frustration 呢？

我去了！这就是我主持《分秒必争》的因缘。那个节目，收视率非常高，而我做每次节目的开场白，则成为后来的《萤窗小语》！

再谈谈《萤窗小语》吧！你知道当我拿着第一集的稿子，去见一位出版社负责人的情况吗？他随手翻了几页，斜着把稿子递还给我，笑着说：

"这么小小一本，我们不感兴趣！"

他的笑，我一辈子都不会忘记。

接着我又拿去给电视公司的出版部，说："这内容既然在公司播，是否能由公司出版？"

对方的答复也差不多："这么小小一本……你自己出吧！"就是这一句"你自己出吧！"，使我一本接一本写，一本接一本出，建立了我对写作的信心，创作出更多的东西！

直到今天，我常想：如果没有先前的挫折，而由别人草率地出版，可能不会销得那么成功，也没有今天的我。

再往前想，如果我当初跟导播斤斤计较，找公司负责人理论，或许能"争回公道"，但很可能便没有后来的机会。而没有《分秒必争》，也就没有《萤窗小语》，我更不会被聘请进入新闻部。

那么再谈新闻部吧！当我进入新闻部后，由于《分秒必争》的风评好，又有传播公司请我复出主持，甚至拉到十几家广告。岂知公司先同意，临时却又以记者不适合兼做节目而变卦，另塞给我一个新闻性的节目——《时事论坛》，叫我担任制作兼主持人。

当时新闻尺度很严，大家都说我非但丢掉了金蛋，而且拿了个烫手的山芋。事实果然如此，第一集上午才录完，下午就接到通知——不准播出！理由是对大专联考批评太多，会影响考生及家长的情绪，影响社会安定。

而节目就要在第二天播出，我急成了热锅上的蚂蚁。

请问这是不是 frustration？如果是你，或你的同学乔安娜，你们还做不做？

我咬牙扛了下来。不到一年，《时事论坛》获得金钟奖！

今天，每当我遇到挫折，便感恩。因为我的成功都是从挫折中产生的，我的良机常是对手给予的。当前面的山路塌方，我所获得的是找另外一条出路，在那里见到别人未曾看过的美景，所以在我的字典里没有"挫折感"这个词！

下面，再由山路谈起吧！我有一次与一位做电视演员的朋友一起去梨山玩。刚到达，朋友半夜突然接到台北电话，要他回去录一个男扮女装的闹剧。

"一定是别的大牌演员拒演，才会轮到我！"他说，"抱歉！我明天一早就得赶回去！"

"既然是别人不愿演的丑角，你为什么接？"

"因为这是我难得担任主角的机会。要成功，先得上台面！台面都上不了，怎么成功！"

他的话很简短，却道出了真实的人生、现实的人生！也使我想起十几年前一位名歌星对我说的话：

"当年不如意的时候，我请求去歌厅驻唱。那老板居然一脸不屑地说：'你有这个身价吗？如果你能以台下的掌声证明，我就请你！'当时我觉得简直受到侮辱，但是我把眼泪吞了下去，说：'可以！我可以找到人买票捧场！'而我确实就花钱买票，请亲戚朋友去看，专为我鼓掌叫好。渐渐地，掌声愈来愈响，不仅是我请的人，而且有了许多自动前去捧我的听众，甚至到后来，我的亲戚想去，都抢不到一张票……"

她最令我难忘的一句话，也是：

"要成功，先得上台面！台面都上不了，怎么成功？"

而这台面岂是容易上的？常是要忍辱、负重、贴钱、蚀本、吃亏，且偷偷吞下眼泪，才能上去的！

如此说来，乔安娜的 frustration，又能算是挫折吗？如果怕挫折，她能上得了台面？又能成功吗？

请你好好咀嚼我的这段话，并转告乔安娜！

对了！我还有一点好奇，身为史岱文森高中的高才生，怎么会不知道巴哈马是外国？

刘轩的话
//

老天爷的礼物

挫折感是老天爷给我们的，有些人分到多一点，有的人少一些。

有些人愈挫愈勇，有些人则碰到小挫折便全然崩溃，由面对挫折时的反应与态度，往往最能看出一个人有没有成功的条件。

还记得我妹妹考茱莉亚音乐学院的时候，整整一年的时间，她天天拉琴三个小时，却没被录取。她躲起来哭了好几天，但后来，房间里又传出她的琴声。这一点，我给她竖起大拇指。

我父亲教导我与妹妹的，未必是成功之道，而是面对挫折

时的基本态度。人生不尽然如意，如何把握现实生活条件，勇
敢面对，而且再出发，才是最重要的。

离开父母的时候

> 不知道有多少父母都会又忧又喜地看着他们的宝贝
> 离开家，心想：多好啊，孩子长大了；多伤心啊，
> 孩子渐渐要离开我们身边了。

昨天晚上，秦叔叔和秦妈妈带维琪到家里来，还带了一
些夏令营的资料，说维琪暑假要去湾边的一个学术营。

我问住不住校，秦叔叔说："怎么可能？是要每天接送
的。"接着他们问你怎么安排。

妈妈说你要去"草山音乐营"七个礼拜。

他们也问你住不住校。

"那么远，当然住校。而且平常还不准家人去探视呢！"
妈妈说，"既不准打电话，又不准上网，连电视都没得看。
每天早上八点就得开始练琴，走廊里有老师巡查，只要没听
到琴音，就敲门警告，简直像个集中营。"

秦妈妈就瞪大了眼睛问我们能放心吗。

"是不放心啊！在家娇生惯养，现在一去就是七个礼拜。听说还是住在马棚改装成的宿舍里，到处都是虫子。又因为怕缺水，洗澡限时五分钟。"妈妈叹口气，"可是她要去啊！"

我就笑说这是"女大不中留"，孩子大了，就会想飞。你一方面害怕，但是问你去不去，你还是斩钉截铁地说要去。

看秦叔叔露出惊讶的样子，你记得我当时怎么对他说吗？

我笑问秦叔叔，想当年他不是也把家一撂，背起行囊，就从大连飞过太平洋，来了纽约吗？然后把太太接来、儿子接来，又生了维琪。当年他们住在老板的地下室，可是现在不但有了自己的好房、好车，而且那房子已经值六十万美金以上。

"你当年要是放不下、迈不出步子，你又能有今天吗？"我对秦叔叔说，"人哪，与生俱来就有走出去的冲动。什么叫年轻？年轻就是迈得出步子，总想看看地平线的另一边会是什么样子。"

其实，何止人有走出去的冲力？任何一种生物都会想走出去。

你记不记得，我曾经指着瓜藤对你说："瞧！瓜为什么要爬？你可以把它种在阴影里，但是它能爬到阳光里。"我也曾教你去碰触非洲凤仙花的种子，那种子一下子爆炸开来，把黑黑的小种子弹出去，害你吓一跳。

你别看它只能弹约一米远，但是就靠这力量，它们没多久就可以由一棵扩展到漫山遍野。

它们为什么用弹的方法散布种子？

它们也有走出去的冲动啊！就算父母走不出去，也希望孩子能走出去。

所以，今天你虽然怕，还是坚持要去那个夏令营。爸爸妈妈虽然不舍，还是得同意你去。我们是一则以喜，一则以忧。喜的是你长大了，有一种冲力要离开父母身边，自己出去闯天下了；忧的是你平常看到小虫子都叫，怎么能适应住在深山里的生活？

其实，附近的中学生多半暑假都去夏令营，像你的好几个同学去约翰·霍普金斯大学办的学术营，据说那里也很严，连续三个礼拜，每天都做学术研究；又像是维琪参加的夏令营，听说也相当严，专门加强数理方面，而且早早就训练参加 SAT 的技巧。

妈妈还听说有人想尽办法，把孩子送到英国，去牛津和剑桥办的夏令营呢！

我是知道在中国的父母，常把孩子送到美国的夏令营，只是我也听说中国父母往往不能接受让孩子受那么多苦的观念。

美国的夏令营多半不准孩子在营里给父母打电话，双方联系只能通过信件；美国的夏令营除了特别安排的"亲子日"，也常不准父母去探视。

我就亲耳听过中国的父母抱怨，孩子参加夏令营变黑变瘦了，怨营里让孩子吃了太多苦。他们却没想到孩子也变强壮、变独立而且变成熟了。

他们不知道，夏令营除了教学，另一个重要的目标，就是教孩子独立。

今天下午，我在你妈妈桌上看见一本邮购目录，其中一页被她折了起来，原来是卖一种有着长长塑胶管的真空吸虫器，只要拿着对准虫子，一按钮，就能把虫子吸进管子。

多妙啊！我昨天看另一本邮购杂志，也见到那种吸虫器，我也折了起来，打算要为你购买呢！

于是我想，怪不得每年到这个时候，邮购公司就会寄各种杀虫器的宣传单。相信许多别的父母看到之后，也会像我们一样——心一跳！这不正是我家宝贝需要的吗？

　　每一年的暑假，不知道有多少父母都会又忧又喜地看着他们的宝贝离开家，心想：

　　多好啊，孩子长大了；多伤心啊，孩子渐渐要离开我们身边了！

放孩子飞吧

有的时候，不是孩子长不大，常常是老一辈不要他长大。你以为孩子需要你，其实可能是你离不开他。你活着的时候不放手，可能拖累孩子的脚步；你死了放手，他们还是得面对自己的世界。

所以，就让孩子独立吧！就放孩子飞吧！

防人之心

> 害人之心不可有，防人之心不可无。在这个人性光辉泯灭与人生价值观混乱的社会，你尤其应该慎重。

一个学生去逛百货公司，临出门，突然有个女人，匆匆忙忙地跑来对她说："我的肚子痛，必须上厕所，可是我跟我先生约好，他就在门口的一辆白色的车子上等我，能不能麻烦您，告诉我先生一声？"说完塞了两包东西给她，"这也麻烦您交给他！"

学生才走出门，就被百货公司的人抓住了。她抱着两包没有付钱的贵重商品，吓得呆呆地站在那儿，因为人赃俱获而百口莫辩。至于那先前说肚子痛的妇人和所谓的白车，则消失了踪影。

　　某人单独旅行，在飞机上遇到一位投缘的乘客，两个人一起下机，提取行李，在过海关之前，那新认识的朋友说："我的行李真是太多了，能不能麻烦您帮我带一小件？"单独旅行的人，心想自己的东西反正不多，就一手接了过来。

　　跟着，他被海关人员以携带毒品走私的罪名逮捕了。

　　他大声对着还在另一个关口接受检查的朋友喊，那人却说不认识他。他被架出了海关大厅，悲愤的呼喊声仍然从长廊尽头传入，大厅里的人都摇头，说："罪有应得的贩毒者，过去不知道已经带进多少毒品了！"

　　那飞机上认识的朋友也叹气："好险哪，我差点被栽了赃！"

　　你今天对我说，一个许久未见的初中同学，知道你在曼哈顿读书，于是托你顺路带一包东西给下城的朋友，使我想到应该说以上的故事给你听。我并非教你不要帮助人，而是希望你慎重。尤其是许久未见的朋友，虽然以前有很好的交情，但由于并不了解他近来的生活，那早期建立的信任，也就应该重新评估。

　　再过二十年，你会发现，许多学校里的挚友，在久别重逢时，你或许仍然维持着以前的热情，对方却冷淡了。不是他没有了情，而是由于在社会上的种种遭遇，会麻木一个人的感觉，也可能改变他的价值观。相反，如果你自己遭遇重大的打击或步入歧途，也可能改变看这个世界的方法。

害人之心不可有，防人之心不可无。在这个人性光辉泯灭与人生价值观混乱的社会，你尤其应该慎重。记得有一次我采访"中华航空公司"在纽约的一个酒会，由于当晚正好有客机直飞台北，便赶到机场，将一包录影带交给华航的朋友，托他们转回"中视"。

那位朋友对我说："咱们是老朋友了，这又是'华航'的新闻，但是为了慎重，我必须打开检查一下。"

日后我经常想起这件事，我不是对那位航空公司朋友的做法感到不高兴，而是觉得自己理当主动打开包装，让对方检查，而不应该等对方提出。如果他碍于情面未讲，岂不是要在心中嘀咕很久吗？

往后的日子，你必有许多旅游的机会，别人可能托你带东西，你也可能请朋友传递，希望你以上面的几个真实故事做参考，保护自己，也减少朋友的困扰。

刘轩的话

这是个可悲的事实

我老爸写这篇文章，其实有个更早的源头。在初中时，我和好友肯尼有次在回家的路上，碰到一位被锁在自己家门外的老头。肯尼站在我肩膀上，从二楼窗户爬进去帮他开门。这件事害我被父母狠狠骂了一顿："万一他是小偷怎么办？你们岂不是成了他的帮手？"

当时我有点不高兴。学校教我们要"日行一善"，怎么反而受到如此责备？但现在，我不得不认同父母的看法，因为时代大不同了。以前在万圣节，美国儿童都会打扮成小鬼，一家一家要糖果，但后来新闻上报道有人因此而中毒之后，这种习俗就几乎消失了。

光是过去这几天，我就接到起码两通诈骗集团的电话。这个社会好像愈来愈复杂了。多可悲啊！纽约人本来就很小心了，"9·11"之后更是如此。当恐怖分子都可以在已怀孕的女友行李里面偷藏炸弹时（这是真事），还有谁能够相信？"防人之心不可无"已成为我们在二十一世纪生存的基本原则。

上礼拜我去台中，在一家餐厅前有人说他车子发动不起来，请我帮忙。我回答："对不起，我无法帮你。但我有手机，可以帮你叫拖车。"也许我太谨慎了，但就如美国人现在常说的："You can never be too careful these days."（这些日子再谨慎也不为过。）

至今想起初中的那件事，我还是相信那位老头，也觉得我和肯尼做了件好事，虽然我们当时的确太过天真。要是有一天我自己的小孩也碰到类似的状况，我八成不会骂他，但一定会叫他看看他爷爷当年给我写的这篇文章，并摸着他的头叹息："孩子，现在的社会比你想象的复杂！"

坚持做你自己

> 老师有时间考，没时间教；学生有时间"学"，没时间"习"——好像只顾吃，却没本事消化，当然不可能健康。

你奶奶在世的时候常说我的考运好，又讲："这一定是因为祖上的阴功、父母的德行、自己的努力。"她还有个好笑的迷信，说我考高中的时候考场在成功高中，所以我考上成功；考大学的时候考场在师大附中，所以我进了师大——要是我的考场在台大，就一定进台湾大学了。

每次你奶奶这么说，我都回她一句："不可能，因为我一共只填了四个志愿，根本没填台大！"

当年大家都填几十个志愿时，我确实只填了四个，而且其中有三个是美术系。好多老师都说我开玩笑，但我知道自己在做什么，我知道我要的是什么，别人很难影响我。

　　我念书也一样。你一定听说过，我以前因为搞社团、参加演讲比赛，常休公假不上课，中间又因病休学一年，所以成绩很烂，初中高中都常常不及格，要靠暑假补考及格才能免于留级。

　　我参加学校的模拟考试，也从来没上过榜，唯一一次榜上有名，还是备取。问题是，高中我考上成功，大学上了师大，那些每次模拟考试都金榜题名的同学，反而多半不如我。你猜，那是因为什么？

　　那也是由于我知道自己做什么、自己要什么，我有自己的读书计划。就像联考填志愿，我不理会别人，只要自己认为对，就坚持走下去。

　　譬如模拟考试，从初三上学期就开始考，每个月一次，每次都有一定的范围。但因为学校的范围太大，第一个月，考一年级全部；第二个月，考二年级全部；第三个月，考一、二年级全部；第四个月，连三年级教过的一起考。但是我功课本来就烂，一年级、二年级没好好念，不可能准备好，所以我读书的进度总是落后，当模拟考试已经考五本教科书的时候，我才准备了两本，也因此每次都落榜。

　　只是，我并不在乎同学嘲笑，也不理会老师骂，我自己有计划好的进度。我用"剩下的日子"除以要准备的每个科目，算出每一科能用多少时间复习，到考试正好可以看完。

结果，我成功了。那些天天上补习班，好像很棒的同学反而有很多失败了。

后来我和那些失败的同学讨论，得出个结论——他们失败，败在没有自己的计划，而一味赶模拟考试的进度。他们拼命赶、拼命念，好像都念得很熟了，模拟考试也都得到高分；问题是他们没有精读，每次复习时，翻一翻课本，画得红红蓝蓝，写得密密麻麻，好像都没问题；等到真正"上战场"，却发觉对许多东西已经不那么确定。加上好多同学每天赶两班车去老师家补习，还要到学校上课，体力透支太多。老师有时间考，没时间教；学生有时间"学"，没时间"习"——好像只顾吃，却没本事消化，当然不可能健康。

所以有很长一段时间，我是反对学校办太多模拟考试的。我觉得模拟考试固然该办，但不能早早办；就算早办，也要细细规划，不能一次考太多，宁可让学生像砌砖墙，一块一块来，到时候正好砌成一堵好墙，也别早早就做成像入学考试一样，涵盖全部三年教学的内容，造成学生拼命赶进度，结果博而不精。

近年来，我在台北学乒乓球，也有这样的感触。刚去的时候，我自以为已经打得不错，只要学学削球、搓球、杀球就成了。没想到教练一切从头来，连我哪只脚应该在前都管。打球的时候更麻烦，什么"大臂小臂""大框架""松执拍、活运腕""卡磨提举"……一堆术语，我甚至觉得他把我像小娃娃一样教。

问题是一路学下来，我硬是有了新的领悟；回到纽约，跟老球友比画，硬是令人刮目相看。想想，教练按部就班的教法，不也跟我准备高中和大学的入学考试一样吗？

求学最忌躁进，为学最忌随俗，处世最忌盲从。我非常欣赏美国人常说的"I know what I am doing"（我知道我在做什么）。那句话不是在别人劝说时用来做挡箭牌的"自以为是"，它真正的精神是认定目标，锲而不舍地做下去。

孩子，你知道我为什么说这许多吗？

那是因为我听你妈妈讲，你听宿舍里别的同学练习，发现他们进度比你快，你怕自己太慢，有些忧虑，所以我隔海传真这封信给你。

只要你自认尽了最大的力，只要你有自己的计划、一定的进度和自我的要求，就不用管别人。

我又要引一句你奶奶的话了——一听打鼓就上墙头的孩子，不可能有了不得的成就。

靠自己去成功！

你是你，坚持做你自己，最后的成功一定属于你。

刘墉寄语

//

谈考试

我们的留学生在外国多半都能获得相当好的成绩，这固然是因为他们肯用功、程度好。但是据分析，中国的学生从小就经常接受考试，对于考试的状况特别能适应，考场上情绪稳定也是原因，所以即使原本与外国人一样的程度，考出来的成绩常高出很多。

国家不也是如此吗？同样的冲击，对于历史短暂、升平已久的国家，很可能造成一片混乱而难以维持。对于久经风霜、历尽兵灾的人民，却能处变不惊，沉着应付。

你能不能睡柴房

> 孩子，这世界是充满竞争的。你千万不能因为自己幸运，就把幸运当成习惯，因为幸运不是总留在我们身边。

今天下午妈妈去学校接你，车子才要转进我们家的巷子，就见你的校车正由巷子里出来。

"天哪！如果你坐校车，比妈妈接你还快。"妈妈说。

却见你一撇嘴："可是我不能搭校车。"

"为什么？"妈妈问。

"因为我赶不及。"你理直气壮地说，"我先要去我的柜子，把不用的书放好，还要把该带回家的东西拿出来，等我弄完，校车已经开走了。"

"那么别的同学为什么赶得上呢？"妈妈又问。

你耸耸肩。

听你这么说，我紧张了，不是紧张你慢，而是发现你缺乏弹性。

你什么东西都要整齐、完美，这原来是很好的个性，使你能精益求精，比别人有更严谨的自我要求。只是你也要知道，这世界并不都那么整齐与完美啊！

举个例子，你今天如果穿得很干净、很漂亮去旅行，中途遇上大雨，满地泥泞，你能因为怕弄脏衣服就不走了吗？如果你是中途遇上豪雨，当大家都决定冒雨前进的时候，你能坚持一个人留下来，等雨过了、地干了，才动身吗？

这世上没有绝对的事，最近我看了史蒂芬·霍金（Stephen Hawking）的《果壳中的宇宙》（*The Universe in a Nutshell*），上面谈到近期"相对论"的实验，发现在一个水塔的顶端和水塔的下面，测得的时间都不一样。

连"光"都可能因为"引力"而弯曲，连时间都没有一定的长短，难道你的时间反而是不能调整的吗？

不知道你有没有读过《诗经》里"深则厉，浅则揭"的那段话，意思是当人穿着衣服过河，水浅的时候还能把衣服拉高了涉水过去，但是如果水太深了，怎样都无法避免弄湿，就只好穿着衣服下去了。

连古人都不能不看情况调整处世的方法，你又能那么不知变通吗？

还有，不知你记不记得，我每次看到昙花开放都会急着写生，那时候就算早有别的工作计划，我也会搁下来。

为什么？

因为昙花难得绽放，绽放的时间又那么短暂，别的事可以等，花却不能等啊！

尽管如此，我拿着写生册，坐在花前，也要考虑优先顺序。通常我画花，都由最左侧开始，为的是避免先画好右边再画左边时，手腕会弄脏先画好的东西。可是画昙花就不能这样了，我一定由"花"开始画，就算有叶子挡在花前面，我也"让开"叶子，先画花。

这又是为什么？

因为昙花一现，两个多小时过去，花就开始凋了；相反地，叶子却不会有什么变化。所以我常在前一夜画花，第二天才画叶子。

想想，连画花这么一件小事，我都要做许多"优先顺序"的考量，你是不是也应该常这么想想呢？

再说个有意思的故事给你听——

当我到成功岭服兵役的时候，因为吃饭慢，每次去盛第二碗，都发现只剩锅底了；等我把锅底刮了又刮，盛半碗饭，回到桌子，又发现已经没菜了。

后来我才学会，在军中大家"抢着吃"的情况下，第一碗只能盛半碗，吃前半碗的时候要尽量吃菜，早早把前半碗饭吃完，好早早去锅里盛饭。

我那时候真是很不适应，因为跟你一样，我是家里唯一的宝贝，从小没人跟我争。我吃饭也跟你一样，总把最好吃的部分留着，到最后才吃。

你说，换作你，有一天跟人家去抢、去争，如果坚持用在家里吃饭的方法，是不是也可能吃不饱？你又能不像我一样，改成一开始只盛半碗的方法吗？

孩子，这世界是充满竞争的。你千万不能因为自己幸运，就把幸运当成习惯，因为幸运不是总留在我们身边。你必须随时告诉自己：今天我能做"豌豆公主"，明天我也能睡柴房；今天有妈妈来接我，我可以好整以暇，慢慢收拾东西，明天妈妈不能来接，我也能改成早早就利用休息时间，把第二天要用的东西安排好，放学时只要打开柜子，放下一堆再拿起一堆，就赶往停车场。

　　只有这样，你才能称得上"能屈能伸"；只有这样，爸爸妈妈才能放心，你有一天离开家，才不会吃大亏。

刘墉寄语

//

超越时间的藩篱

用时间的第一原则就是要有弹性。

会用时间的人，懂得安排时间，按照事情的缓急来支取，到头来，不但完成了他要做的，而且能够留下多余的时间。至于不会用的人，则东摸摸、西磨磨，时间一分一秒地过去，浪费的比利用的多，犹豫的比决断的多，时间永远不够用，事情永远做不成。

把握时间

> 上帝给每个人的时间都一样，但是每个人使用的效果却不相同。如果你没有崇高的理想，就不能战胜自己的惰性；无法战胜惰性，就很难把握时间。

今天我在杂志上看到一则有关美国华裔体操名将马思明的报道，感到非常惊讶。我并非对她以十七岁的小小年纪，获得泛美运动会体操全能金牌感到吃惊，而是佩服她运用时间的能力。

马思明每天早上五点半起床，六点出门，六点四十至七点做热身运动，然后练习到九点半。十点开始上学校的正规课程，下课之后再去体育馆练习，从四点一直到七八点，才开车回家做功课，并在十一点钟就寝。

我暗自想——

当我的孩子还在被催着起床，或坐在床边发呆的时候，马思明已经做完热身运动。

当我的孩子正在浴室挤青春痘和吹头发的时候，马思明已经在平衡木上跳跃。

当我的孩子在电视机前吃着零食，嘿嘿傻笑时，马思明正离开体育馆，驾车穿过黑暗的夜色。

当我的孩子坐在餐桌前细细品味他的夜宵，一刀一刀往小饼干上涂起司时，马思明已经做完功课，上床睡觉了！

我相信马思明的筋肉是比你疲惫的，但是她疲惫得健康，第二天的早上，又以一副清爽的身躯，投向新的战斗。

我也相信马思明的时间是不够用的，但是她安排得有条不紊，由于都在计划之中，所以反而从容。

我更相信马思明会希望像一般的十七岁少女一样，细细装扮之后，赴一个又一个约会。但是追求更高境界的理想，使她不能也不敢有一刻松懈。

记住！上帝给每个人的时间都一样，但是每个人使用的效果却不相同。如果你没有崇高的理想，就不能战胜自己的惰性；无法战胜惰性，就很难把握时间。我尤其欣赏马思明的教练所说的两句话："我认为她是美国最好的体操选手，她有能力把握每一天的时间！"

　　他没用任何词语形容马思明辛苦的练习，却强调她有能力把握每一天的时间。是因为每一个堪称"最佳体操选手"的人，必然都经过辛苦的锻炼。其中唯独"有能力把握每一天的时间"的，才能站到巅峰。

或许我还不够忙吧！

在大学，我很佩服那些参加校队的同学。他们每天练习至少三个小时，回家已经累得半死，怎么有时间做功课？他们说："久了，就知道怎么利用琐碎的时间，即使只有五分钟，也可以读两页课本，哪怕一页也好。"

快速切换思考模式，让每分钟都有效率，而不是等到有一大段完整的时间再动，我觉得这一点最难。我甚至在想，这或许是在逼不得已的状况下才能熬出的功力，就像马思明，大部分时间被占据，除了善用每一秒，没有其他的选择。

所以回头看我自己为什么办不到，我只能苦笑说："或许我还不够忙吧！"

有赢有输才是人生

> 尽管不见得一分耕耘能换来一分收获，但是耕耘多的人总能有较多的收获，这就好比守株固然可能碰上一只自己撞上树的兔子，但绝不可能比得上主动出击的猎人。

今天你放学回家，我问你："在学校好吗？"你没搭腔，我就觉得不对劲。果然，走进厨房，看见你正搂着妈妈，眼睛红红的。

"是身体不舒服吗？"我问你。

你没答，妈妈答了："只是流鼻涕。"

我又问你："是什么没考好吗？"

你点了一下头，眼泪突然像断线珠子似的滚下来："历史没考好，才考了八十四分。"

"别人都考好了吗？"我问。

"好多人考得比我好。"你嘟着嘴，"我从来没考过这么烂。"接着一转身，冲上楼去。

我也跟上楼，你进了浴室，对我没好气地说："不要理我，我哭一下就好了。"

果然，隔一阵，你已经平复，坐到书桌前面，弯身翻书包，拿出厚厚的历史课本。

我认识那课本，因为前几天你留在客厅桌上，我曾经翻过，里面除了讲历史，还附带了许多相关的世界名书。记得当时我问你是不是课外读物，听你说是课本时，还赞美那书编得真生动。

我坐在你的床上，看你拿出考卷在检查。

"是错了吗？"我又问你。

"是错了。"你说，"可是我真不懂，为什么自己会那么糊涂，别人都没错，连最烂的男生都会的几个'军事强国'，我却会错！忘了写德国。"说着说着你又哭了，一边呜呜地哭，一边说："我不是没念，我念了啊！"

孩子，看你哭，我也很伤心，尤其当你说别的同学问你成绩时，我可以想象你当时的尴尬，因为你的成绩从来都是最好的。

但我也要对你说，这世界上并非一分耕耘就一定有一分收获。有时候，你可能用的种子不好、水土不对，再遇上坏天气，结果下了最大的功夫，反不如那些天时地利人和都对，却没努力的人收获来得好。

你也要知道，知识不见得全由课本里得来。那些最顽皮的男生，可能成天阅读战争小说，他们的长辈可能参加过第二次世界大战，在家总说当年的往事，他们又可能爱读报、看历史频道和益智问答节目，他们看似没有认真读书，却因为周遭的氛围而在自然中学习了。你甚至可以猜，他们玩的战争电脑游戏都会有帮助。

中国有句俗话"有意栽花花不发，无心插柳柳成荫"，也是这个道理。不见得你最用心的，就一定成功，反而可能无心中造成的机缘，使你获胜。

但是，会不会因此你就不必耕耘了呢？

错了！尽管不见得一分耕耘能换来一分收获，但是耕耘多的人总能有较多的收获，这就好比守株固然可能碰上一只自己撞上树的兔子，但绝不可能比得上主动出击的猎人。

再举个例子吧！我从小就喜欢写文章，可是常常投稿没几天，就收到厚厚的信，里面装着退稿，主编连一句安慰的话都懒得写。

有一阵子，我被退得实在伤心了，不再投稿，但是总在翻报的时候幻想有自己的文章发表。你想想，这实际吗？我不投稿，怎么可能有文章发表？投稿固然有被退的伤心，但是不投稿就连伤心的机会都没了。所以"有意栽花花不发"的人，唯一的办法，就是继续努力种更多的花。

记得昨天晚餐，婆婆说"养孩子，忙得要死，好辛苦"时，我怎么说的吗？我说，养孩子确实辛苦，但是正因为有苦才有乐。孩子这次考糟了，下次考好了，苦成了乐；孩子前天病了，今天退烧了，担忧成了欣喜。我又说："人生如果只是一根平平的线，多没意思！一定要起起伏伏，有付出，有获得，才丰富。"

那么，我现在也要对你说，人生就是要有成功，有失败，才有意思。你今天失败了，痛定思痛，检讨改进，明天反败为胜，多棒！而且，如果你能由今天的小考中得到教训，使你明天的大考不再犯错，这小考不就像注射疫苗，小小疼一下，却能避免得大病吗？

亲爱的小丫头，别再为人家考得好、你考糟而伤心了吧！你甚至应该为那些顽皮男生，居然能拿回家一张九十分的成绩单，然后得意地说他赢了你而高兴呢！

有赢有输，才是多彩的人生啊！

谈输赢

其实，世间大部分看来满盘赢的人，都可能遭遇过满盘皆输的场面；几乎每张成功的笑脸之后，都有失败的泪脸。但是失败所摧毁的往往只是表面的东西，如同烽火击垮的往往只是建筑物的上方，那失败者坚强的意志、建筑物地下的基础、工业家所有的技术、企业家所有的理念，是很难被摧毁的。他们都能擦干眼泪，爬起来，继续迎向战斗，否则就是真正的输家了。

所以，满盘皆输能算是真的输吗？那何尝不是另一段成功的开始？

图书在版编目（CIP）数据

刘墉人生三课. 成功只能靠自己 /（美）刘墉著 . --
长沙：湖南文艺出版社，2021.6
　　ISBN 978-7-5404-5159-2

　　Ⅰ.①刘… Ⅱ.①刘… Ⅲ.①散文集—美国—现代
Ⅳ.① I712.65

中国版本图书馆 CIP 数据核字（2021）第 071590 号

上架建议：畅销·青少年励志

LIU YONG RENSHENG SAN KE · CHENGGONG ZHI NENG KAO ZIJI
刘墉人生三课·成功只能靠自己

作　者：［美］刘墉
出 版 人：曾赛丰
责任编辑：匡杨乐
监　制：小博集
策划编辑：文赛峰
特约编辑：李孟思
营销编辑：付 佳 付聪颖 周 然
版权支持：刘子一
封面设计：梁秋晨
版式设计：梁秋晨
版式排版：金锋工作室
内文插图：刺拳漫画
封面插图：刺拳漫画
出　版：湖南文艺出版社
　　　　（长沙市雨花区东二环一段508号　邮编：410014）
网　址：www.hnwy.net
印　刷：北京中科印刷有限公司
经　销：新华书店
开　本：875 mm×1270 mm　1/32
字　数：123 千字
印　张：6.5
插　页：16
版　次：2021 年 6 月第 1 版
印　次：2021 年 6 月第 1 次印刷
书　号：ISBN 978-7-5404-5159-2
定　价：39.80 元
若有质量问题，请致电质量监督电话：010-59096394
团购电话：010-59320018